PRESQUE UNE HISTOIRE D'AMOUR

DU MÊME AUTEUR

Tanta vita !, Belfond, 2014
Où étiez-vous tous, Belfond, 2015
À Rome avec Nanni Moretti, avec Giorgio Biferali, Quai Voltaire, 2017

PAOLO DI PAOLO

PRESQUE UNE HISTOIRE D'AMOUR

Traduit de l'italien
par Renaud Temperini

belfond

Titre original :
UNA STORIA QUASI SOLO D'AMORE
publié par Giangiacomo Feltrinelli Editore Milano

Retrouvez-nous sur www.belfond.fr
ou www.facebook.com/belfond

Éditions Belfond,
12, avenue d'Italie, 75013 Paris.
Pour le Canada,
Interforum Canada, Inc.,
1055, bd René-Lévesque-Est,
Bureau 1100,
Montréal, Québec, H2L 4S5.

ISBN : 978-2-7144-7615-9
Dépôt légal : mars 2018

Belfond | un département **place des éditeurs**

place
des
éditeurs

« À cette époque-là, les tantes s'élevaient encore au-dessus de toutes les enfances... À la manière de fées qui exercent leur influence sur toute une vallée sans jamais y descendre. »

Walter Benjamin

VOUS ÉTIEZ TRÈS BEAUX. Surtout vers le soir, épuisés par votre dernière tentative de redire la même réplique. Mettez-y plus de colère, vous disais-je, plus de colère. Alors seulement, vous alliez la pêcher là où il fallait, tout au fond, en un lieu sombre situé entre le foie et l'estomac qui n'avait plus rien à voir avec l'art dramatique, mais avec vous si, avec vous pris un par un, avec vos mauvaises journées, vos humiliations, vos parents, vos amoureux, l'armée des cons dans son ensemble. Votre vie. Elle apparaissait – égratignée ou stridente, de loin – telle qu'elle devait être : même dans la bouche de ceux qui, le plus souvent, se trompaient complètement, de ceux qui ne deviendraient jamais comédiens – de toute évidence, la majorité d'entre vous.

Toute la beauté résidait dans l'effort et dans l'illusion, vos dos en nage, la sueur même qui s'évaporait, donnant ainsi à cette salle une intimité de vestiaires : ce que, depuis le début, je voulais qu'elle soit. Le passé et le futur étaient, pour vous, des hypothèses sans fondement, aussi inopportunes que certaines mères inquiètes qui vous attendaient dehors. Elles allaient demander, avant même d'allumer le moteur, comment ça s'était passé. Du ton stupide dont on pose cette question après une épreuve quelconque. Et au fond, oui, c'en était une. Car il s'agissait bien de répétitions, et en italien, on appelle ça des *prove*, des épreuves. Des épreuves et des répétitions de quoi ? D'autres possibilités d'être, aurais-je été tentée de dire. Cette emphase ridicule de mes cours ! Mais en tout cas : la possibilité de se défaire de ses habitudes, de devenir, selon les cas, plus infantile ou plus adulte. De devenir différent : pendant que vous prêtiez attention à ce qui vous aurait fait bâiller à l'école – une poésie de Prévert, l'*Antigone* de Sophocle. Pendant que votre corps ne semblait plus appartenir à vous seuls : déchaîné, au sens propre du terme, libéré de ses chaînes, il vous échappait. De longs soupirs, des sanglots et des gémissements, des sauts et des embrassades. Il y avait parfois de quoi s'exciter, toujours de quoi pleurer et de quoi rire. D'abord doucement, à la façon d'une vocalise, d'une fiction. Puis plus fort, sans réussir à s'arrêter, une partition de ah oh ouh qui s'élevait dans la joie et retombait dans le désespoir, laissant derrière elle, sur la chaise vide au milieu de la scène, l'envers de vous-mêmes.

Lorsque l'un de vous s'en allait, c'était plutôt par peur que par inconstance. Erica, lui avais-je fait remarquer avec une certaine lourdeur, tu n'es pas venue deux mardis de suite. Oui, excusez-moi. Dis-moi tu. Oui, excuse-moi, Grazia, c'est que… Ce sont tes examens, le problème ? tu dois réviser pour tes examens ? Oui, j'ai mes examens. Ça ne t'intéresse plus, de faire du théâtre ? Bien sûr que si. Erica est revenue deux fois, et puis plus du tout. J'ai failli lui envoyer un message, je vous ai demandé de le faire vous, elle a donné des réponses évasives. Nino a dit que quelque chose l'avait troublée. Quoi donc ? ai-je demandé. La scène où elle devait m'embrasser. Vous

vous êtes mis à rire. Chiara a dit : ça n'a pourtant rien de très troublant, de t'embrasser. Massimo a dit : toujours aussi couillon, toi.

Oui, Nino était le plus sympathique et le plus couillon d'entre vous. Il est pourtant resté sérieux. Moi, j'ai senti qu'elle tremblait, a-t-il dit. Je lui ai posé une main sur la hanche, et j'ai senti. Elle avait les lèvres serrées. Et puis je ne sais pas, elle avait l'air triste. On aurait dit qu'elle voulait s'échapper. Peut-être qu'il ne faudrait pas... Il ne faudrait pas quoi ? ai-je demandé. Il ne faudrait pas forcer les gens, a-t-il répondu.

Notre premier accrochage. Je n'ai pas l'impression de forcer qui que ce soit ici : il s'agit de faire du théâtre, point final. Si nous étions à la piscine, ce serait vous forcer, de vous demander de faire quinze longueurs en dos crawlé ? Il n'a pas répondu. J'ai continué. Ici, à la place des longueurs et des abdominaux, on se consacre à un autre genre d'exercices, ceux qui ne s'en sentent pas capables peuvent partir. Et à propos, Nino. Personne n'a besoin de toi pour se défendre.

Parfois, après un casting qui s'était mal passé, Untel ou Untel revenait plein de rancœur. J'ai suivi toutes tes indications, ajoutait-il, ça n'a servi à rien, je ne leur ai pas plu. Je le défiais : essaie de me le refaire comme devant eux. J'aurais dû lui dire : tu n'es pas fait pour ce métier. Mais lui se mettait là, plus concentré que jamais, et il me jouait le début du deuxième acte, quand Macbeth parle à son épée : je n'arrive pas à t'empoigner, et pourtant je te vois sans cesse – et à ce moment-là, il faisait vraiment semblant de la dégainer, il l'agitait devant son visage en disant : mes yeux sont devenus le jouet de mes autres sens. Il était aussi inspiré que maladroit. Des mois entiers d'exercices de diction ne lui avaient pas suffi pour prononcer comme il faut le *o* de *encore*, quand il disait : je te vois encore. Je l'interrompais : ça suffit, lui disais-je, la prochaine fois, prépare un autre monologue. Il me jetait un regard haineux. À sa façon d'essuyer ses mains moites sur son pantalon, je comprenais qu'il allait renoncer.

JE VOUS ENVIAIS surtout l'été. Vous alliez à la rencontre du mois de juin comme vers une promesse, sans céder au chantage du futur et sans me laisser deviner – par un geste, un merci plus convaincu – si vous reviendriez et de quelle manière. J'étais presque certaine que deux ou trois d'entre vous, dans le groupe, continueraient à suivre mon cours, mais je ne posais pas de questions : j'attendais. Si mes prédictions ne s'avéraient pas, je cherchais les motifs de cette désertion : qu'est-ce qui n'avait pas fonctionné ? C'était moi, le problème ? En quoi m'étais-je trompée ? Comme c'est étrange, et parfois douloureux : un enseignant finit toujours par se juger lui-même plutôt que ses élèves, et par découvrir qu'il est – à l'examen le plus difficile – le seul candidat. Reste en tout cas l'absurdité de la prétention à convaincre tout le monde, à prendre tout le monde au piège dans un projet de séduction qui, s'il réussissait jusqu'au bout, ressemblerait à un plagiat.

Après la dernière leçon – l'été avançait sur Rome avec la lumière insolente des premiers matins sans école – je devenais sombre, je regardais derrière moi, je réfléchissais. J'aurais voulu écrire (je l'ai fait, parfois) à chacun de vous, pour vous interroger sur vos impressions, vos bilans, vos intentions. Mais à vrai dire, rien n'aurait pu satisfaire mon besoin anxieux d'être rassurée. J'aurais dû vous demander compte d'après-midi précis, que vous n'étiez pas en mesure de vous rappeler. Tu te souviens,

Mannelli, de la fois où je vous ai fait courir en rond, les yeux fermés, pendant quatre ou cinq minutes ? Tu les as ouverts à l'improviste, au moment précis où tu passais devant moi. Je n'ai pas su lire ton regard : c'était quoi ?

Tu te souviens, Galieti, de la fois où je t'ai hurlé putain, tu ne comprends rien à rien ? Je l'ai fait avec une colère excessive, théâtrale, qui m'a dégoûtée moi aussi. Excuse-moi.

Et toi, tu te souviens, Di Mauro, de la fois où je vous ai demandé d'imaginer que vous étiez devant la porte de la maison de votre enfance ? Tu as répondu : je n'ai pas envie d'y penser. Je t'ai dit : il le faut. Tu as répondu : demande à quelqu'un d'autre. Moi, j'ai dit : c'est à toi que je l'ai demandé. Désolée.

Souvent, je vous disais de jouer vos rêves. Debout, au milieu de la salle, vous deviez évoquer par des gestes l'espace, les objets du rêve en question. Nino a demandé : c'est une séance de psychanalyse ? J'ai répondu : oui. Comme ça, j'apprenais aussi à vous connaître à partir de ce que vous aviez en tête la nuit, sans certitude quant à votre sincérité. Sans savoir interpréter.

Parfois, vous me revenez en mémoire au moment exact où vous vous donniez du mal pour rendre visible l'invisible, où vous gesticuliez pour simuler, pour donner forme aux fragments d'un monde sans logique.

UNE FOIS, AU COURS, Nino avait raconté un rêve sur deux pommes de terre. Qu'est-ce que c'est, ce rêve ? lui avais-je demandé. Il les avait oubliées, avait-il expliqué, dans un panier sous l'évier. Des herbes en forme d'antennes, ramifiées et violacées, avaient poussé sur leur peau fripée (elle avait quelque chose de doux, on aurait dit des rides humaines). Dans mon rêve, je découvrais que la tuyauterie – il l'évoquait par des gestes, dans l'air – était complètement enveloppée dans des racines sans terre, que je n'arrivais pas à arracher. À mon réveil, j'étais angoissé à l'idée de devoir rattraper des semaines entières de ménage pas fait en une seule semaine. Il était capable, sur scène, de montrer sur son visage les signes de cette angoisse qui, dans sa maisonnette au numéro 75 de Longfield Street, quatre minutes à pied de la station de métro Southfields, s'était déplacée de la phase REM de son sommeil à la réalité.

Londres, alors, coulait à travers les robinets crasseux de la salle de bains, se manifestait à travers l'odeur de friture qui se déployait au crépuscule et envahissait tout le quartier. Je réussis à tout voir. Quelques rats filaient le long des murs derrière le bâtiment, comme dans un roman de Dickens. Nino sortait sur Westbourne Grove sans même avoir pris un chiffon, mais il avait les idées très claires sur ce qu'il allait dire à la jeune vendeuse, chez le glacier. Il s'apprêtait à lui dire Oui, je rentre à Rome, sans raison précise, inutile donc de m'en demander une. Au lieu de ça, il lui avait dit Oui, je rentre à Rome, on me propose un cours de théâtre. Un autre ? Tu ne m'as pas compris – lui avait-il répondu d'un air désagréable –, ce coup-ci, ce sera moi le professeur.

Tandis qu'elle étalait la pistache, en essayant de ne pas casser le cône, sur la glace habituelle de Dharsini, qui travaillait au supermarché du coin, Nino avait repensé à une chanson. Deux mois plus tôt – après avoir fait l'amour, mal, avec une Belge de dix-huit ans couverte de taches de rousseur (détail qui suffisait, à lui seul, pour lui insuffler un désir renversant) –, il était passé devant le Transport Museum. Un chanteur de rue équipé d'une guitare et d'un harmonica avait rassemblé une petite foule autour de lui, et sa chanson gonflait le cœur de tristesse. C'était parce qu'il venait de tromper la jeune vendeuse de chez le glacier ? Sans le vouloir vraiment. Et même sans plus le vouloir, dix minutes après l'avoir fait.

Maintenant, ne viens pas me dire que je ne t'avais pas prévenu, je te l'avais dit tout de suite qu'à Londres, tu ne ferais que perdre ton temps. Voilà ce que je lui ai dit, et je lui ai dit aussi : s'il te plaît, Nino, essaie de profiter de l'occasion qui se présente. Tu es resté des mois à l'étranger, et pour quoi faire ? De la publicité pour un restaurant grec, avec une belle fustanelle et un collant blanc. Des mois entiers gâchés à distribuer des menus.

En fin d'après-midi, ridicule et fier, il prétendait s'appeler Panagiotis : jusqu'au moment où il mettait le grappin sur un Italien, ou de préférence une Italienne, de préférence jeune et mignonne, disposée à lui tenir compagnie le temps de sa pause cigarette. Alors, il se dévoilait : sourire irrésistible, et allons-y avec les sempiternels numéros. L'accent romain, les plaisanteries, le conseil donné en sous-main d'aller dîner dans une *trattoria* trois cents mètres plus loin sur Queensway, plutôt que dans ce restaurant grec de merde. Et les éclats de rire entre inconnus, devenus complices en quelques minutes : deux types grassouillets de Bergame, à qui il n'aurait pas su quoi dire, en d'autres circonstances. La langue maternelle réactivait un code d'allusions – et la vache, ce que Londres peut être chère.

D'ailleurs, il n'avait jamais cessé de jouer les bouffons : tout compte fait, c'était déjà le même qui, en cours élémentaire deuxième année, sautait en faisant *cri-cri* à l'entrée du professeur de religion, M. Grillon, celui qui, au collège, avait montré son derrière à deux petites camarades de classe pendant une excursion à Sirmione, scandale général, celui qui disait des gros mots à l'oreille de Pacetti juste pour le faire rire. Rien ne pouvait le faire changer d'humeur, à l'exception de la résistance d'autrui au divertissement. Il détestait ceux qui refusaient de participer aux blagues d'étudiants. Une fois, il avait été capable de se promener dans le centre historique de Vérone un artichaut à la main : il l'approchait de la bouche des passants en les invitant à exprimer leur opinion sur la politique internationale. Autour de lui, les gens riaient, et lui était content. C'est ça qui lui plaisait : faire rire les autres. Il s'était donc inscrit au cours d'art dramatique, mais sans grande conviction : avec la tête à claques de quelqu'un qui veut prouver qu'il sait déjà tout. Et qu'il est là pour te mettre à l'épreuve.

Les premiers exercices que je donnais - dessiner des cercles en l'air avec les bras, sauter, balancer la tête comme un pendule, bouger les doigts, toujours en l'air, sur un clavier invisible -, il les faisait tous avec un sourire insupportable sur les lèvres. Si j'expliquais que tourner les pieds - les jambes plantées au sol, les mains sur les cuisses - permettait d'explorer *les tendances contradictoires de la personnalité de l'acteur,* Nino ne se retenait plus, il explosait. Ses hoquets silencieux se propageaient dans tout le groupe. Les plus fidèles cherchaient mes yeux pour me prouver qu'eux - regarde-moi, Grazia, putain, regarde-moi - restaient sérieux. Eux. Alors que personne ne lui avait rien demandé, Manuel se lançait dans un sermon. Si tu les tournes vers l'intérieur, cela signifie une chose, fais-y bien attention, Nino, si tu les tournes vers l'extérieur, cela signifie autre chose, disait-il de sa voix monotone, avec son accent sud-américain : les pieds d'un acteur doivent être fiables. Où avait-il entendu dire ça ?

Assez de bavardages, maintenant, mettez-vous à sautiller sur place. Quand je dirai stop, il faudra vous immobiliser à l'instant. C'était un moyen infaillible - les faire transpirer, les laisser se défouler - de relâcher toute tension. Je regardais Nino – oui, mais plus haut, sautez plus haut ! – une minute de trop. Son naturel me stupéfiait. Il ne faisait qu'un avec son propre corps – son abdomen tendu qui restait à découvert au moment du saut, l'inscription indéchiffrable tatouée à la hauteur d'un de ses biceps, ses pieds nus, pâles et quelque peu épais, ses testicules qui, comme les seins des filles, dansaient derrière sa tenue en viscose. Peut-être qu'aucun d'entre vous ne manifestait, en sautant, la même désinvolture. Chacun avait sa préoccupation inutile. Des cheveux qui retombent sur le visage. Un bourrelet qui dépasse de l'élastique des leggings. Un tintement métallique de bracelets. De grosses fesses. Lui, au contraire, était entier à cet instant-là, sûr de lui, et isolé. Comme avant et après le cours, la musique à fond dans ses écouteurs bleus, avec son auréole de plastique.

Il n'était pas, il ne serait jamais de ceux qui, parmi vous, venaient se confesser à moi. Me poser des questions compliquées, voire obscures : sur votre propre vocation, sur votre talent (« Je crois que j'en ai, mais je n'arrive pas à l'exprimer »). Sur un malaise qui, disait par exemple Chiara, me décolle de moi-même. Parfois, disait-elle, je me regarde comme de l'extérieur et je ne me reconnais pas. Non, non, pas quand je joue. Quand je joue, disait-elle, je me sens encore plus proche de ce que je suis vraiment, ou de ce que je crois être. Je parle vraiment de ma vie. Tiens, à la fac, un cours vient de se terminer, je me retrouve avec un groupe d'amis devant la machine à café, je prononce une phrase, une phrase quelconque, et ma propre voix sonne faux à mes oreilles, je la sens étrangère. La voix craquetante d'une autre, d'un esprit idiot qui me secoue pendant que je ris. Ou bien : j'embrasse un garçon en voiture, comme l'autre soir, les vitres s'étaient couvertes d'une légère buée, suffisante pour m'empêcher d'avoir honte de sa main posée sur ma poitrine, je l'embrasse, voilà, j'essaie de l'embrasser, et je pense : ce n'est pas moi. Je le pense au moment précis où je l'embrasse, disait-elle.

MA VIE, CET AUTOMNE-LÀ, avait été remise en mouvement par le déménagement imprévu de Teresa, venue s'installer chez moi. Teresa qui, dès sa naissance – vers la fin novembre 1983 –, m'avait confié le rôle principal d'une carrière entière de femme et d'artiste. Tatie, il n'y a qu'à toi que je peux dire certaines choses. Tatie, allons faire du shopping, toutes les deux toutes seules. Tatie, viens me chercher (en plein milieu de la nuit, à la sortie d'une boîte). La période des confidences s'était terminée juste avant ses vingt ans, à la manière d'un magasin qui ferme après une liquidation. À la fin de sa scolarité, elle s'était comme épanouie – y compris physiquement, plus encore qu'à quinze ans – et, avec elle, de nouvelles certitudes. Elle ne me parlait pas au téléphone à une centaine de kilomètres de distance, mais d'une époque à une autre : moi encore à celle des babioles que je lui offrais en cachette de sa mère ; elle beaucoup plus loin – là où il était aussi facile de m'oublier que de se distraire, ou bâiller. Et la voilà qui revenait : solide, belle, souriante avec moi et toujours aimable – et pourtant distante, comme un mystère.

Avant son arrivée, mes journées tournaient désormais presque à vide, effilochées et paresseuses jusqu'en fin d'après-midi. Pour moi, elles commençaient quand les autres se précipitaient, fatigués, dans les supermarchés. Le cours d'art dramatique deux fois par semaine, le lundi et le jeudi. Quelques lectures publiques – des rencontres littéraires, la plupart du temps : de vieilles dames en veine de polémique, sous une lumière blafarde, et quelques types un peu dérangés, ou peut-être simplement excentriques, qui s'empareraient du micro d'un geste brusque. Non, de toute évidence, je n'étais plus une actrice. Mais surtout : est-ce que je l'avais été ? et quand ? Parfois, je recevais des coups de fil venus du néant, de metteurs en scène de séries télévisées (connus mille ans plus tôt : ils se souvenaient peut-être m'avoir fait la cour), qui me proposaient un petit rôle. Deux jours de tournage, le temps de redonner du souffle à mon estime de moi-même. Je me plaisais à penser, tout en sachant que je me mentais, que Hollywood regorge de vieilles enseignantes inconnues qui apprennent aux vedettes à jouer la comédie. Serais-je jamais la Mlle Collier de quelque future star ? Celle de Marilyn Monroe, qui se désespère à ses funérailles. Une femme dont quelqu'un pourrait dire : elle m'a appris à respirer, et ça m'a été très utile, et pas seulement pour mon métier. Une femme qui, une fois morte, arracherait cette exclamation à quelqu'un : oh mince, que va devenir Phyllis. Mlle-Collier-était-toute-sa-vie.

TRAVAILLER DANS UNE AGENCE DE VOYAGES EN 2012 – Teresa ne le disait pas, mais on le comprenait très bien – avait quelque chose de décourageant. Un Égyptien entre pour demander le prix d'un vol Rome-Le Caire, rien de plus, il braille parce que c'est trop cher et il s'en va. Un Roumain entre pour acheter un billet de train à destination de Pesaro, mais sans changement à Falconara. Pourquoi un prix si élevé ? Il appelle quelqu'un au téléphone, s'agite, hausse le ton, raccroche et décide de ne pas acheter ce billet. Des queues se forment très vite, dans un espace si réduit – deux hauts comptoirs en bois craquelé ; là où les gens posent leurs coudes, l'acajou a blanchi ; une imprimante à aiguilles préhistorique, qui refuse de travailler comme elle le devrait, émet une sorte de hennissement, un *iiiii* prolongé mais faible, presque vaincu. Il ne vient que des étrangers et des vieux. Ou tout au plus, des couples indécis qui projettent leur voyage de noces. Tous les autres réservent sur Internet, comparent les prix, lisent les commentaires sur TripAdvisor, n'ont besoin de rien. En revanche, ceux qui pénètrent dans les agences de voyages ont besoin qu'on leur imprime leur billet, ils ne savent pas ce que c'est qu'un Passenger Name Record, demandent toujours et plusieurs fois s'il faut composter, et si on leur dit que non, ce n'est pas la peine, ils vous répondent : très bien, seulement, par sécurité, je le composterai quand même. En général, ils ont plus de soixante-dix ans.

Teresa passait ses journées à ça, à essayer de se faire comprendre : par des gens qui avaient encore du mal avec la langue italienne, par des Italiens dont l'ouïe ou les réflexes étaient avariés. Sur sa chaise pivotante, le dos à un planisphère, elle faisait malgré tout chaque jour, à sa manière, un voyage. Ça ne lui déplaisait pas. Avec un peu de chance, en réservant un itinéraire de huit jours et sept nuits « Sur les traces du Sultan », pour deux personnes, elle finissait par savourer en imagination un petit déjeuner dans un hôtel de Fès et un déjeuner libre dans un restaurant typique de la Médina, ou bien un après-midi à Marrakech, sur la place Jemaa el-Fna, avec les saltimbanques, les marchands d'eau, les charmeurs de serpents. Le programme inclut la possibilité de réserver à dîner dans un restaurant caractéristique marocain, pour un supplément de 44 euros par personne.

Immobile à la limite entre l'espace sombre, dehors, et l'espace éclairé au néon de la gare Roma Ostiense,

Nino a dû se croire obligé de se donner une contenance. Rien de trop : le strict nécessaire. Avec moi, oui – moi qui ne l'avais pas vu depuis un an et qui avais déjà corrigé ses défauts de prononciation. On peut le dire des deux façons, avait-il précisé, ce n'était peut-être pas vrai. Quoi qu'il en soit, je t'en supplie, ne commence pas. On revient de Londres, un beau diplôme d'art dramatique en poche, et – non, il n'avait pas compris tout de suite, quand je lui avais proposé de donner un cours d'art dramatique – voilà qu'on se retrouve devant un groupe de vieux.

« Atelier théâtral pour le troisième âge, un jour par semaine, le lundi après-midi, spectacle de fin d'année en mai. »

Moi je suis censé leur faire cours, à *eux* ? avait-il demandé en feignant d'être bouleversé. Il écarquillait les yeux d'une manière qu'il serait erroné de ne pas qualifier, maintenant, de théâtrale. Toujours les mêmes pitreries ! Et le problème n'était pas de savoir s'il se sentait ou non à la hauteur de la tâche (bien entendu que oui, allons donc, il se sentait plus qu'à la hauteur) : le problème, c'était l'âge moyen de ses éventuels futurs élèves. Soixante-cinq, soixante-dix ans : des retraités poursuivant un seul et unique objectif – passer un après-midi agréable par semaine. Se distraire, se sentir en vie.

Je n'ai pas compris en quoi leur vieillesse te dérange. Bah, rien de particulier, ou plutôt si, une chose : ils resteront toujours des amateurs, sans le moindre espoir de faire le grand saut. Arrête avec ça, lui ai-je répondu : combien d'entre vous, les petits cons de vingt ans, resteront de toute façon des amateurs ? Presque tous. Tu sais quelle est la différence ? Que ces messieurs âgés n'ont plus d'ambitions. Plus la moindre. Aucune. Fin de l'histoire. Tu n'imagines pas, ai-je ajouté, à quel point c'est libératoire. Toutes les possibilités sont derrière toi, tu n'as plus rien à attendre, à l'exception de cette poignée de jours qui restent et que tu ne peux pas compter. Ils montent sur scène et ils font du théâtre par plaisanterie, *eux*. Avec la même splendide, et je voudrais dire majestueuse, et je voudrais même dire infructueuse... Infructueuse quoi ? mais qu'est-ce que c'est que ces adjectifs, Grazia ? Infructueuse, oui, la concentration d'un jeu d'enfants. Très bien, et après ? a-t-il rétorqué. Après, tout s'inverse : avec vous, j'étais la vieille ratée, toi et les autres, les jeunes pousses, les promesses... Et les professeurs ! À peine mieux que des momies, non ? tout juste bons à ce qu'on leur vole quelques secrets, pour faire mieux ensuite, davantage, pour aller plus loin. Se retrouver au milieu de jeunes gens qui prennent des cours d'art dramatique, ou de musique, ou qui participent à des épreuves sportives, cela signifie aussi sentir leur haleine d'acétone sur le cou, les voir s'aigrir, devenir faux et compétitifs comme des félins : un vilain spectacle, parfois. Un spectacle exécrable. Toi, au contraire, tu auras des élèves inoffensifs, et solidaires les uns des autres – ne serait-ce qu'à cause de la fragilité de leurs os. Quoi qu'il arrive, ce sera toi la jeune pousse, la promesse : le professeur d'élèves sans avenir. Tu ne trouves pas ça drôle ? Il a répondu : non, pas du tout. Seulement, il riait.

J'AI RÉFLÉCHI – m'avait-il écrit par mail deux jours plus tard – et j'ai compris que tu m'as choisi pour une seule raison : en donnant des cours à des personnes âgées, je ne peux pas faire de dégâts. Ton histoire de jeunes pousses ne m'a pas du tout convaincu. En revanche, je me suis rendu compte qu'un travail de ce genre n'implique pas d'importantes responsabilités, on peut s'en charger le cœur léger : si ces vieux élèves n'apprennent rien, si *je* n'arrive pas à leur enseigner quoi que ce soit, ça n'aura aucune importance. Personne n'y perdra rien. Je suis juste censé les divertir, n'est-ce pas ? Jouer les baby-sitters avec une bande de retraités. Quoi qu'il en soit, j'accepte, hein, avait-il conclu, tu peux m'engager ! Je l'ai appelé, il a laissé son téléphone sonner longtemps. Excuse-moi, je n'avais pas entendu la vibration, j'étais en train de cuisiner. Tu as appris quand ? Pendant mon séjour à Londres. Bravo, et qu'est-ce que tu te prépares ? Des pâtes au beurre. Pas très compliqué, comme plat. J'y ajoute du thon, à la fin. Ah, dans ce cas ! Je me suis mise à rire, puis je lui ai demandé : tu regrettes d'être revenu en Italie ? Je ne sais pas, a-t-il répondu, au point où j'en suis, tout me convient. Et ta fiancée londonienne ? Elle n'est pas londonienne, elle est romaine. Et de toute façon, je crois que nous ne sommes plus ensemble. Comment ça, *je crois* ? Elle est restée à Londres, elle y travaille chez un glacier, et c'est tant mieux.

Ils s'étaient mis en couple et ils étaient partis ensemble, plus ou moins avec les mêmes bagages, les mêmes espoirs. Londres : sans raison précise, lui pour faire du théâtre, elle pour apprendre l'anglais, et ça suffisait – au même moment l'été, fini dans les jardins de Kensington, commençait ailleurs. Peter et Wendy ne vieilliraient jamais, ils achetaient des cochonneries au supermarché, tournaient au coin d'immeubles brunis par le temps comme de gros gâteaux. Ils se tenaient par la main à Trafalgar Square, touristes parmi les touristes, pendant que les Beatles, sur leurs T-shirts, souriaient pour l'éternité et que le vent les giflait comme à travers une porte ouverte. D'habitude, ils faisaient l'amour en début de journée : on avait toujours l'impression que c'était tôt le matin, il était toujours midi passé. La lumière grise ne parvenait pas à la réveiller, mais son érection à lui si – il s'approchait d'elle doucement, elle gardait les yeux fermés tout le temps, à la façon d'une somnambule. Et puis oui, il faut l'admettre, félicitations aux foies de vos vingt ans, capables de résister à des kilos de fish & chips, de pizza collante, de nourriture exotique mal définie, félicitations à vos reins assez solides pour filtrer des torrents de bière et de Coca-Cola, à vos poumons pour tout le tabac dont ils ont inhalé des quantités équivalentes à des balles de foin, et félicitations à tout le reste, tu allais à la cuisine frire un œuf, petit déjeuner et déjeuner à la fois : l'œuf était presque prêt, et tu bandais encore.

ELLE M'AVAIT APPROCHÉE à la fin d'une lecture publique. Je pensais qu'elle voulait me présenter des compliments que je ne croyais pas mériter, j'avais mal lu, et trop vite. Excusez-moi de vous déranger, avait-elle dit – tendue et embarrassée, elle tenait entre les mains deux feuilles de papier pliées dans une enveloppe transparente. Je suis la maman d'un de vos élèves, avait-elle dit. Ça arrivait, de temps à autre : elles venaient me dire que leurs enfants devaient arrêter mes cours, qu'ils avaient des devoirs, le bac à préparer, du retard à rattraper dans certaines matières. Souvent, elles dissimulaient une inquiétude d'une tout autre nature : que leurs enfants prennent le théâtre trop au sérieux, qu'ils se mettent en tête d'en faire leur métier et de se lancer dans toute une série de castings pour le cinéma ou de concours de *talent show*. En l'occurrence, ce n'était pas le cas. Je suis la maman de Nino, avait-elle dit, je ne sais pas si vous vous souvenez de lui, il a été votre élève. Bien sûr que je m'en souviens, qu'est-ce qui s'est passé ? Oh, rien de grave, dieu merci, rien de grave, il est à Londres depuis presque un an. Je sais. Eh bien, voilà, je suis un peu inquiète. Pourquoi ? J'ai l'impression qu'il perd son temps, avait-elle répondu les yeux perdus dans le vague. Mais il est jeune, il a vingt ans, il n'y a pas de quoi s'inquiéter. Je ne sais pas, avait-elle rétorqué sur un ton très sérieux. Écoutez, avais-je ajouté, il faut laisser à ses enfants la possibilité de se tromper. Peut-être, avait-elle répondu, mais bon, je vous laisse le CV de mon fils, tenez, il est dans cette enveloppe, rien d'exceptionnel, mais si vous aviez quelque chose pour lui sous la main, quelque chose qu'il pourrait faire ici, je vous en serais très reconnaissante, veuillez m'excuser, j'ai honte, je n'aurais peut-être pas dû, s'il l'apprenait, il me tuerait, mais vous savez, nous sommes allés le voir à Londres il y a quelques semaines, et… vous me comprenez.

En haut du CV, Morante Nino, né à Rome le 29 juin 1990, plusieurs expériences professionnelles « à titre gratuit », quelques vagues compétences informatiques et, à la rubrique « langues étrangères », bonne connaissance de l'anglais. Je ne sais pas si je peux faire grand-chose, avais-je déclaré en serrant la main moite de sa mère, qui s'était crispée. Oui, bien sûr, un séjour à l'étranger, l'apprentissage de la langue, tout ça était vrai, mais si c'est pour distribuer des flyers, pas la peine d'aller à Londres, autant faire ça en bas de chez toi.

Nous sommes encerclés, a-t-il dit. Tu ne le vois pas ? En Italie, il y a des vieux partout. Il suffit de s'en absenter quelque temps, et dès le retour, ça te saute aux yeux. Assise dans le métro à côté de Nino, j'ai regardé autour de moi. Une dame âgée écarquille les yeux, elle demande à son mari s'il a entendu – tu as entendu ? –, il a peut-être entendu mais il répond quand même non, tu as entendu ? répète sa femme, la fille, là, elle a prononcé un gros mot. Elle est bouleversée. Nous ne nous sommes pas regardés, pour éviter d'éclater de rire. Ils sont partout, a réaffirmé Nino. Nous sommes assiégés. Ils ralentissent les queues au supermarché. Quand ils sont au volant, ils provoquent des embouteillages. Ils perdent ou croient perdre leurs clefs dans les salles de cinéma, et ils les cherchent pendant tout le film. Ils ne voient pas les escaliers, et ils le disent à voix haute. Ils secouent la tête devant ce qu'ils trouvent indécent, à savoir presque tout. Ils portent des chemises qui ont quarante ans. Je lui ai dit : même si ça te semble impossible, même si ça te semble aussi irréel qu'un film de science-fiction, toi aussi, tu deviendras vieux. Non, non, je n'arrive pas à imaginer. Moi si : tu sors de chez toi en pull-over sombre couvert de taches, le cou mal rasé, des moustaches de chat dressées sur le col d'une chemise qui aura – dans ton cas aussi, à ce stade – une quarantaine d'années. Oui, je t'imagine très bien, un jeudi du mois de novembre 2057, en fin de journée, traverser ce pont sur le Tibre. Le vent emporte ton chapeau. Tu cours après, tu te mets à rire. Donc voilà, il y a ici un homme de soixante-sept ans qui rit. Et ce vieux monsieur, c'est toi. Son chapeau est toujours à un pas de ses pieds, et lui n'arrive pas à s'arrêter de rire. Il se souvient des pigeons, de l'époque où ils envahissaient les places, en ville. Si humbles et si sales. Il ne pense pas qu'il est devenu vieux, pas encore. Il pense, bien au contraire : je n'ai plus rien après quoi courir. À la seule exception d'un chapeau passé de mode qui bondit en avant, exactement comme un pigeon qu'on poursuit. Il rit et il respire, ah, ouh. Rien d'autre. Vous ne savez pas à quel point la vie est légère, quand on n'a plus d'ambitions.

L'historique de ses recherches Google parlait de lui mieux que quiconque. Il y avait là tout le matériau nécessaire pour suivre le fil de ses nouvelles semaines italiennes :

locations rome quartier gare termini – à proximité arrêt de métro manzoni, dans immeuble avec concierge… à louer, dans le célèbre quartier de san lorenzo, en plein centre, gracieux appartement de 55 m² – un tramway nommé désir théâtre – drame du dramaturge américain tennessee williams, première à broadway le 3 décembre 1947 dans une mise en scène d'elia kazan – météo rome – température moyenne 15°, humidité 91 %, peu nuageux avec possibilité d'averses – club de gym rome prix – trouve les clubs de gym les plus économiques et les plus glamours de rome pour faire du fitness – boursouflures abdominales – dix bons conseils pour les éviter – arthur miller – devenu célèbre avec ils étaient tous mes fils – mort d'un commis voyageur, prix Pulitzer 1949 – free porn movies – sandra milka's first time – (le second type entre en scène au bout de 21'36", mais Nino s'ennuie et passe à repubblica.it) – google.it – teresa campoli – campoli teresa – teresa campoli compte facebook – images relatives à teresa campoli –

Parmi ses Favoris – en préparation d'une série web qu'il avait en tête –, il avait sauvegardé des dizaines de portails consacrés à des kermesses, des fêtes patronales, des reconstitutions historiques en costumes d'époque. Rien que dans le Latium, on ne les comptait plus. Kermesse du raisin à Cesano. Fête de la châtaigne à Monte San Giovanni. Kermesse des marrons à Rocca Massima. Foire aux escargots et aux rôtis à Civita Castellana. Pain

Huile et Fantaisie à Boville Ernica. Kermesse de la *bruschetta* à Monteleone Sabino. Fête de l'huile nouvelle à Canneto. Fête de la *polenta* à Lariano. Kermesse des brocolis à Roccasecca.

ÇA S'EST PASSÉ COMME ÇA, avec elle qui dit : enfin. Sans raison, pour rien, et ça a marché : comme l'arche électrique qui s'allume entre les extrémités de deux métaux bien choisis, et qui les réchauffe. Dans le brouillard du soir, c'étaient vos oreilles, ou peut-être vos nez. Enfin quoi ? a demandé Nino. Il fumait une cigarette, là, tout près. Il commence enfin à faire un peu froid, a répondu Teresa. Un minuscule incident de la géographie et de l'histoire, voilà comment je voudrais appeler ça : sur des millions de kilomètres carrés et d'années, le même trottoir, de ce côté-ci de l'univers, un lundi de la fin du mois d'octobre, douze minutes après sept heures du soir.

C'est toi qui donnes des cours de théâtre pour le troisième âge ? Oui, a répondu Nino avec un sourire de travers, c'est moi. Je voulais dire, c'est toi le garçon qui enseigne l'art dramatique ? Oui, tu trouves que je ne suis pas à la hauteur ? Aucune idée, a-t-elle rétorqué en riant et en allant pêcher son portable au fond de son sac. Quand elle l'a soulevé, vers son visage, il l'a vue pour la première fois. Alors, il a eu une pensée stupide, une pensée d'acteur habitué aux monologues à effet, pour les castings. Par chance, il ne l'a pas exprimée. Sa machine à cajoleries – son invincible vocation à faire l'imbécile avec les filles – semblait tout à coup manquer d'huile. La pensée était la suivante : tout à l'heure, j'ai eu l'impression que tu avais une petite lune dans le creux de ta main. Jusqu'à un mois plus tôt, beaucoup moins de miel lui aurait suffi pour soutenir une conversation avec une inconnue, au coin d'une rue devant un supermarché indien. De toute façon, tôt ou tard, on apprenait qu'il était italien, et n'importe qui riait.

Tu veux que nous te déposions ?

Qui ça, nous ? a-t-il demandé d'un air surpris. Ma tante et moi, a-t-elle répondu. Et c'est ainsi que Nino, à la bonne heure, a établi un lien entre cette jeune fille et sa vieille prof d'art dramatique : excuse-moi, comment s'appelle-t-elle, ta tante ?

Teresa, où as-tu garé la voiture ? Sans lui laisser le temps de répondre, j'ai ajouté que j'avais mal à la jambe – tu devrais le savoir, non ? – sur un ton si geignard et si agaçant que j'aurais mérité qu'elle me plante là, ma jambe et tout le reste exposés à l'humidité de cette soirée de la fin du mois d'octobre, voilà ce qu'a dû penser Nino pendant que Teresa, comme si elle n'avait rien entendu, montrait du doigt sa Twingo rouge, en piteux état, deux cents mètres plus loin. Alors, tu veux qu'on te dépose, oui ou non ? Volontiers, merci.

En voiture, sur la banquette arrière, Nino avait l'air d'un enfant prêt à demander quand est-ce qu'on arrive, entre ma nièce au poste de conducteur et moi, qui avais entre-temps étendu ma jambe mal en point et repoussé mon siège d'un mouvement brusque, sans prévenir. Il aurait voulu lui dire : pourquoi ne laisses-tu pas ta tante prendre le bus ? Elle aurait répondu – non, rien. En tout cas, au cours de ce bref trajet, de Monteverde tout en descente vers le viale Marconi, la seule chose dont Nino avait eu la perception claire – tandis que la radio grésillante annonçait quelque chose sur le déluge prévu pour le pont de la Toussaint –, voilà, tandis que la Twingo rouge passait devant les visages de Shelley et de Gramsci peints sur un mur, il avait eu le sentiment très net que ça ne lui aurait pas déplu de la revoir, la nièce de cette tante, concentrée en ce moment même sur la liste des ravages de l'humidité pour ses articulations.

LE SECRET CONSISTE à toujours commencer par de l'improvisation. Laissez tomber Shakespeare et Tchekhov, prenez un mot quelconque, un objet, un lieu. Brisez la glace. Renoncez à toute prudence. Si je vous dis hurlez, hurlez. Si je vous dis pleurez, pensez à la chose la plus triste au monde. Je vous explique la règle du jeu : nous sommes à la poste, vous faites la queue. Elle, c'est l'employée derrière sa vitre. Vous devez vous mettre à discuter d'abord sur la lenteur du service, entre vous, en rejetant la responsabilité sur le personnel qui ne travaille pas bien. Mais ensuite, il doit se passer quelque chose, une phrase jetée là par hasard qui met le feu aux poudres, qui sert de prétexte à une dispute, quelque chose sur la politique, à vous de voir, quelque chose du genre : avec le gouvernement qu'on a, pas étonnant que tout fonctionne si mal [*sur un ton sarcastique*]. Oh, parce que bien sûr, si l'opposition était au pouvoir, tout irait mieux [*sur le même ton*]. Et à ce moment-là, déchaînez-vous : extirpez le pire de vous-mêmes, la frustration, la rancune sociale, les lieux communs les plus ordinaires. En général, cette scène réussit bien. Il suffit de pêcher dans la vie, vous devriez le faire tout le temps, même quand vous mettrez en scène une tragédie grecque. Il faut vous souvenir qu'il y a, qu'il doit y avoir une part de vérité dans n'importe quel jeu théâtral, et une partie de jeu théâtral, oui, une partie de jeu théâtral dans tout ce que vous faites vraiment, même si vous ne vous en rendez pas compte. Quand vous vous chamaillez avec quelqu'un à propos d'une place de parking, que vous haussez la voix : c'est du théâtre. Dans les engueulades ça se voit bien, ça se voit mieux. Va te faire foutre, sale connasse, sale connard, et alors c'est parti, les portes claquent, les chaises tombent, les gros mots pleuvent, les longs silences, d'une extrême dureté, interminables. Tout rentre pleinement dans la logique de l'improvisation. Allez, envoie-moi ta réplique ! Elle [*d'un air ironique*] D'ailleurs on le sait bien, monsieur le Prince se tue au travail. Lui [*agressif*] Tu te plains d'être fatiguée, seulement, comme par hasard, tu as passé ton après-midi à ton club de gym. Elle ne trouve rien à répliquer. Lui en profite pour en rajouter une couche [*insistant*] Tu ne réponds pas, hein ? La scène n'a rien de comique, ou du moins, vue de l'intérieur, il n'y a pas de quoi rire. Elle finira comme ceci : tous les deux sortent de scène, ils quittent la cuisine pour aller s'enfermer chacun dans une pièce en pensant plus ou moins les mêmes choses. Comment ai-je pu. Comment avons-nous pu. Une heure se passe, puis une autre, un des deux lance une réplique à destination de l'autre, le plus souvent une phrase sur une question très terre à terre, un petit fait neutre et incontestable. Lui [*de l'autre pièce*] Il n'y a plus rien dans le frigo, je descends ? Elle [*bougonnant*] Eh bien descends, qu'est-ce que tu veux que je te dise.

Pour vous habituer à voir l'aspect comique de ce que nous faisons, des mots que nous prononçons, je vous invite à rejouer la scène avec une seule voyelle, le *a*, le *u*. D'ullurs un lu sut bun, Munsur lu Pruncu su tu u truvul ! Ta ta plans d'atra fataga, salamant, camma par hasard, ta as passa tan apras-mada à ta clab da gam. Vous éclatiez de rire, comme des enfants à la maternelle. Parfait. Si ça durait trop longtemps, c'est Nino qui protestait. OK, d'accord, on a compris, il le disait d'une voix irritée, lui qui, d'habitude, trouvait toujours des raisons de rigoler.

Nino, c'est moi qui décide quand un exercice est terminé.

EN QUELQUES ANNÉES, Nino avait fait un peu de tout. À dix-sept ans, il était déjà animateur sur une plage de Montesilvano. Avec ses phrases débiles hurlées au mégaphone, il y avait de quoi rameuter la tranche d'âge de baigneurs allant de douze à dix-sept ans : ceux qui venaient de cesser de se sentir enfants laissaient papa et maman sous leur parasol et couraient vers le rivage comme vers une autre époque de leur vie. Il était bronzé de juin à septembre, les gamines lui lançaient des regards d'admiration et parlaient de lui dès qu'il s'éloignait. Les grassouillettes ne renonçaient jamais à être aimables, et n'en apparaissaient que plus balourdes et maladroites. Avec celles qui étaient vraiment mignonnes, Nino échangeait des coups d'œil rapides, le temps qu'elles se détournent un court instant de leur écran de portable, et s'il devait se passer quelque chose – au moins un baiser – ça devait se passer avant la fin de la semaine de vacances de leur père. Pour accélérer, il demandait : ça te dirait de prendre un verre ? Mais le rendez-vous, par la force des choses, ne pouvait avoir lieu qu'à deux heures de l'après-midi, pendant sa pause. Plusieurs étaient obligées de renoncer, leurs mères les retenaient prisonnières dans leurs chambres, en compagnie du petit frère et du yorkshire : où veux-tu aller, à une heure pareille et par cette chaleur ? Celles qui échappaient aux contrôles avaient des seins éblouissants. Elles secouaient leurs cheveux mouillés en riant. Alors, de petites gouttes d'eau fraîche lui retombaient sur la peau et le piquaient comme des épingles. Le baratin, rodé mais sincère, commençait par un léger tremblement de la voix : tu sais que [*pause, chevrotement*] euuuh hummm tu es vraiment belle. Avant, il disait *mignonne*, mais comme l'une d'elles avait protesté, une fois, il avait archivé cette épithète. Quoi qu'il en soit, le plus souvent, elles ne répondaient rien, elles souriaient, les yeux baissés, leur embarras était réel même chez les plus désinvoltes, et il les plaçait sous un jour nouveau, qui les débarrassait de leur acné plus vite qu'une demi-semaine à la mer. Créatures sexuées au premier stade de leur splendeur, elles embrassaient ensuite avec concentration, d'une manière souple, et aqueuse, et chaude. Sans la hâte d'un après, sans même en ressentir le besoin. Le cas échéant, c'est lui qui les poussait à aller plus loin, en s'arrangeant pour qu'elles sentent bien, contre leur ventre parfaitement plat, tout ce qu'il y avait à sentir. Il glissait les doigts de leur dos à la partie caoutchouteuse de leur derrière et il appuyait un peu : certaines avaient un rire malicieux, d'autres ne réagissaient pas, d'autres – par exemple Luna – mettaient une main entre elles et lui, comme un écran. En tout cas, c'est l'impression qu'il avait eue. Pourtant, Luna avait ensuite commencé à la bouger, cette main, toujours à l'extérieur, sans franchir la frontière de l'étoffe, lui mugissait un peu, elle retenait sa respiration, ils étaient dans la cabine de plage de ses parents à elle, qui lui avaient demandé, en partant déjeuner, de s'occuper de sa petite sœur. Eux l'avaient laissée jouer avec d'autres enfants et l'avaient entendue, au bout d'un certain temps, appeler du dehors ; Luna, Luna, à l'instant précis où Nino allait jouir. Il avait murmuré *chhhh* à l'oreille de Luna, ne t'arrête pas, et Luna avait fait semblant d'être absente, elle continuait à bouger la main d'un mouvement mécanique et pensait à sa sœur qui l'appelait, là dehors, Luna, Luna, lui avait alors eu une sorte de tressaillement et il avait poussé un long ah, presque dolent et aphone. Elle avait dit : je sors, toi, reste là un moment. Il lui avait dit : attends, j'ai besoin d'un mouchoir, et il avait baissé son maillot de bain. Elle avait pêché un mouchoir dans son sac, sans regarder, puis elle s'était retournée et elle avait eu un geste imprévisible : elle s'était penchée et elle l'avait essuyé, à la hâte et sans malice, pour aller vite. Lui était resté immobile, désorienté, elle avait répété : je sors. Le temps de reprendre ses esprits, et il avait entendu qu'elle l'appelait, Nino, Nino, elle ne trouvait plus sa sœur. Il l'avait donc vue, agitée et confuse, transfigurée en un autre être – une jeune fille très belle et plus adulte, le double de son âge. Une véritable catastrophe : la petite Gaia était introuvable, quelqu'un avait vu une fillette demander où il y avait un parasol rouge avec des poissons, signe qu'elle s'était perdue. Les parents étaient hors d'eux, Luna s'était mise à pleurer, le souffle presque coupé, Nino pétrifié et muet. Au bout d'une demi-heure de panique, Gaia avait déjà retrouvé sa famille, elle donnait la main, près du bar, à une grande et jeune blonde que Nino n'avait pas pu s'empêcher de dévisager. Avec Luna, les choses en étaient restées là, elle ne répondait même plus à ses messages : la honte et la peur l'avaient rendue méchante. De toute façon, elle devait partir deux jours plus tard, et Nino ne penserait plus à elle. À l'abri de tout sentiment de culpabilité, il garderait un souvenir jouissif du seul détail de ce risque imprévu couru dans la cabine.

D'une manière générale, il n'avait jamais eu de gros problèmes avec les filles. Il avait réussi à en draguer une même à l'époque où, pendant quelques mois, il avait porté un costume de poussin géant, dans un centre commercial. Non non, rien d'humiliant, allons donc ! Le printemps était déjà d'une chaleur pénible, ça oui, mais tout était si amusant, tout – la stupeur des enfants qui voulaient te toucher, allez, fais une caresse au poussin, le ricanement des adultes, l'expression de gens qui pensent : regardez-moi ce travail ridicule. Lui s'amusait. Il pouvait faire des grimaces grotesques, de fou, protégé par les grands yeux doux et le bec en caoutchouc mousse. La vendeuse l'accompagnait au vestiaire, lui la suivait – elle avait un chemisier blanc sur une jupe plissée courte, il se traînait, tout maladroit dans son gros corps jaune, et tenait à la main, comme celle d'un décapité, la tête de l'oiseau. Il était excité à l'idée de serrer la jeune fille contre lui dans le vestiaire, sans changer de tenue : toujours ces gestes grandioses de bouffon. Viens là, Mariachiara, laisse-toi prendre dans les pattes du gros poussin, lui avait-il dit un soir, après le service, elle avait éclaté de rire et joué le jeu. Rien de plus : j'ai un fiancé, lui avait-elle signalé peu de temps après, sans raison précise, peut-être uniquement pour se le rappeler à elle-même. Lui se faisait très vite une raison : l'usine à jeunes filles en produisait sans cesse de nouvelles, il suffisait de sortir dans la rue, un vrai miracle.

VOUS VOUS ÊTES REVUS le lundi suivant, plus ou moins à la même heure. Teresa m'attendait dehors, Nino ne s'attendait pas à sa présence. Comment ça s'est passé ? Plutôt bien, a répondu Nino en me regardant, moi j'ai souri, j'ai dit : il s'en sort pas mal. Et toi, tu sers de chauffeur à ta tante ? a demandé Nino en cherchant les yeux de Teresa, concentrés sur l'itinéraire du tabac entre l'étui et le papier à cigarettes. Elle s'est contentée d'un signe des épaules, les lèvres occupées par le filtre. Puis, tout en allumant, elle a ajouté : oui, entre autres. Nino lui en aurait volontiers demandé davantage, qu'est-ce que tu fais vraiment, quel âge as-tu – une trentaine d'années, oui, mais – et peut-être aussi : tu as un fiancé ? Juste pour savoir. Seulement, c'est elle qui s'est mise à poser des questions, elle est comme ça, elle en dépense beaucoup et elle économise sur les réponses. Tu fais du théâtre depuis combien de temps ? Tu voudrais vraiment devenir acteur professionnel ? Tu arrives à en vivre, de ce cours ? Nino a balbutié quelque chose, rendu mal à l'aise, une fois n'est pas coutume, par son regard à elle, à mi-chemin entre le curieux et le sévère. Il a eu l'impression de passer un examen, sans bien savoir sur quelle matière on l'interrogeait, sans doute sa propre vie, mais en tout cas : ne me pose pas de questions trop difficiles. Pendant la douzaine de minutes nécessaires pour rejoindre en voiture la station de métro, Nino l'a provoquée en lui demandant si elle avait quelque chose contre les comédiens, si elle les trouvait un peu antipathiques. Un peu, a-t-elle répondu en le regardant dans le rétroviseur, sans rien ajouter. Pour meubler le silence, il m'a demandé si monter une pièce d'Arthur Miller me semblait une bonne idée. Je l'ai pris comme une tentative pour apparaître cultivé. Miller ? me suis-je écriée, non mais ça va pas la tête ? Non, non, il faut quelque chose de plus léger, plus à la portée du public. Une comédie de quiproquos, n'importe laquelle : tiens, Marivaux. Une pièce avec beaucoup de personnages, et qui fasse rire. Il a gardé le silence, il hésitait à lancer tout de suite une recherche sur Wikipédia. Il s'en est tiré en disant : avec un groupe de vieux, ça ne peut pas être une histoire d'amour.

OUI, C'EST BIZARRE. Donner des conseils sur des voyages qu'elle n'avait jamais faits et que, selon toute probabilité, elle ne ferait jamais. Les deux futurs époux lui avaient adressé un regard d'abord plein d'espoir, puis ils avaient capitulé. Pendant une demi-heure, elle avait multiplié les propositions sans se lasser. L'île Maurice, sept nuits et huit jours, chambres avec vue sur l'océan Indien. Sept nuits en Thaïlande, demi-pension. Une croisière sur le Nil, agrémentée d'excursions palpitantes au milieu des dunes du désert, elle avait employé ces mots-là, pension complète, tarif pour les couples autour de trois mille euros. Ça n'est pas dangereux ? Non, il faut tout au plus éviter la mer Rouge. Rien à faire. Elle essayait de relancer : et pourquoi pas New York plus la Floride plus la République dominicaine ? un tour du Mexique ? Non, nous préférerions quelque chose de plus tranquille. Dix jours à Miami ? Je peux vous conseiller un hôtel formidable, ils mettent une île privée à la disposition de leurs clients, on y va à bord d'un bateau gratuit. Environ cinq mille euros, tout compris. L'Afrique, non, n'en parlons pas. À moins que vous ne soyez intéressés ? Ils ont secoué la tête. Alors, un voyage typiquement romantique ? Paris et la Normandie ? Ils n'arrivaient pas à se décider. Nous aimerions y réfléchir encore un peu, ont-ils déclaré en échangeant un regard. Ils sont revenus en fin de semaine, ils ont dit qu'ils y avaient beaucoup repensé, qu'ils en avaient reparlé longuement, et que le mieux c'était… Paris, n'est-ce pas ? Je m'en doutais. Non : rester en Italie. Ils feraient donc leur voyage de noces en Sardaigne, un beau quatre étoiles à Porto Rotondo avec une piscine, des chambres lumineuses et fraîches. Le petit déjeuner, gâteaux maison inclus, y est servi dans une véranda typique de la région, sous un plafond en bois.

Parfois, en lisant les informations essentielles que donne un dépliant sur le Maroc ou l'Inde, Teresa éprouve la sensation que le monde dont elle parle tous les jours n'est fait que de piscines et d'hôtels avec vue sur la mer, de dîners, de salles de bains privées, d'air conditionné. Mais il existe quelque chose d'infiniment plus vaste que le planisphère accroché derrière son dos, d'infiniment plus complexe que son mouvement de l'index destiné à montrer à un client le trajet entre Casablanca et Agadir, quelque chose qui lui échappe. De la lecture d'*Internazionale*, du nombre d'événements colossaux ou simplement terribles qui se produisent en une semaine sur la planète Terre, elle garde en mémoire de petits détails, des choses comme

des ailerons de requins mis à sécher au soleil sur les trottoirs de Hong Kong

des éléphants morts renversés par un train à destination de Chennai, en Inde du Nord

des réveils de petits volcans au Nicaragua

les difficultés de la vie humaine à Norilsk, en Sibérie, 400 kilomètres au nord du cercle polaire arctique, où le soleil ne se lève jamais, de novembre à janvier

des exemples de coupes proposées par un coiffeur de Pyongyang, en Corée du Nord

un homme tué par un requin au large de Muriwai Beach, près d'Auckland, en Nouvelle-Zélande

Son imagination se met en mouvement pour rien et elle travaille, elle travaille, elle la pousse vers des endroits où elle ne sera jamais. Elle a trop de phobies, et trop peu d'expérience de voyages à l'étranger, dont elle ne retient que le souvenir de rêves pénibles. Pendant le seul camp scout de sa vie, l'été de ses onze ans, à Madrid, elle envoyait à sa famille des cartes postales compte à rebours, Ciao maman ciao tata ici tout va bien encore six jours avant mon retour un bonjour à tout le monde de ma part et dites à mon chat que je l'aime beaucoup beaucoup.

Elle considère encore comme une de ses pires folies son voyage à Bruxelles pour y retrouver son ex, Andrea, sur un vol low cost réservé à la dernière minute, pour lui parler – là oui, un vrai cauchemar, avec un mal au ventre dû à la fois à l'anxiété et à ses règles, un crépitement de pluie incessant et violent.

Mesdames et messieurs, votre attention s'il vous plaît : les êtres humains. Les turbulences ont duré plus longtemps que prévu et durant quelques minutes, à bord du vol EZY4922, aucun des passagers n'est resté en pleine possession de ses moyens. L'espace d'un instant, ils ont tous perdu quelque chose : la maîtrise de soi, une certitude, l'espoir. Au moment de la secousse la plus violente, même l'impénétrable lecteur de quotidiens de la place 11C a cédé, il a froissé le *Financial Times*. Il a sans doute pensé que quelque chose n'allait pas, et pour une fois, ce n'étaient pas les indices boursiers. Il l'a pensé quand la dame assise devant lui s'est mise à glapir. Elle serrait un mouchoir entre ses dents, transpirait, répétait sans cesse Mon dieu, Mon dieu, Maman. Plusieurs parties de Candy Crush ayant été abandonnées brusquement, des blocs de sucre et de meringues n'ont plus rencontré de résistance, ils se sont multipliés dans des proportions épouvantables, de même que les quintes de toux d'un Japonais assis près d'une issue de secours. Certains yeux sont devenus humides ; le jaune et le bleu des sièges se sont fondus dans le vert de plusieurs visages. Une accumulation de sensations partagées entre étrangers a provoqué leur alliance soudaine : la préférence pour le snack sucré affichée une heure plus tôt, la langue, la provenance géographique, les convictions politiques et religieuses ont ainsi été presque annihilées par l'hypothèse d'un destin commun. Même les névroses, les tics et la bouleversante quantité de défauts dont tout un chacun est doté ont perdu de leur poids, tandis que la confiance envers les statistiques vacillait, y compris parmi les voyageurs les plus chevronnés. À l'atterrissage, ils ont tous bondi comme des jouets à ressort aussitôt après avoir détaché leur ceinture de sécurité, clac, et après avoir repris possession de leurs moyens, ils sont vite redevenus ce que, pendant deux heures, ils n'avaient été que plus ou moins. Ces interminables minutes où ils avaient oublié leurs obligations et plusieurs convictions obtuses, leur présomption était restée avec leurs bagages à main dans les coffres, le monsieur qui avait envahi l'espace de son voisin avec son journal grand ouvert n'arrêtait plus de tourner son alliance autour de son annulaire.

À travers la fenêtre d'une petite mansarde, Teresa a vu s'estomper la place de la Vieille Halle aux Blés et le visage de Jacques Brel, qui s'était mis à chanter sur une affiche, mais elle ne l'entendait pas, *Plus rien ne ressemblait à rien,* mais elle pleurait et elle ne l'entendait pas, cette chanson hors du temps qui disait *De l'aube claire jusqu'à la fin du jour, je t'aime encore,* et de toute façon, à quoi bon le dire ? Il ne répondait ni à ses messages ni à ses appels, et elle ne savait pas où aller le chercher : je suis à Bruxelles s'il te plaît Andrea s'il te plaît s'il te plaît s'il te plaît, elle le lui avait écrit vingt-cinq fois, elle avait dîné d'une gaufre achetée à un kiosque pour touristes, elle l'avait trouvée trop sucrée, elle était montée dans sa chambre au moment où la pluie avait enfin cessé, elle s'était endormie tout habillée.

APRÈS AVOIR CHERCHÉ un appartement dans le quartier de l'Esquilin, Nino s'est retrouvé en colocation avec un étudiant en première année d'ingénierie. La Faculté est à quelques pas, mais sa fréquentation équivaut à une glissade vers un autre siècle : à Rome, une époque est une question de mètres. Mais Nino aime rester dans le présent, dans les rues les plus semblables à celles qu'il vient de laisser à Londres. Il trouve familier le coin de mur bas, lépreux, à l'angle de la via Cavour et de la piazza dei Cinquecento. Les patriotes du Risorgimento y ont laissé leurs noms à des rues qui n'ont plus grand-chose d'italien. Ils passent une tête sur les panneaux de signalisation et ne reconnaissent plus le monde. Le kiosquier bengali connaît tous les journaux de la planète. Les magasins chinois se sont agrandis. De grands garçons éthiopiens passent en faisant claquer comme des castagnettes leurs mystérieux objets en bois. Les vendeurs de parapluies pakistanais apparaissent soudain et partout, hologrammes souriant aux toutes premières gouttes de pluie. Les cybercafés ont perdu de leur éclat, en dix ans, les touristes y entrent pour imprimer leurs cartes d'embarquement et leurs réservations, puis ils traînent leurs valises vers de minuscules hôtels deux étoiles choisis de trop loin. Les étalages de fruits et de boissons, les supérettes bondées ouvertes jusqu'au cœur de la nuit, la vodka, les préservatifs, les buffets à pizzas et kébabs, les enseignes des restaurants exotiques, messages universels pour affamés sans prétentions. On sent jusqu'ici, en haut, cette odeur d'huile frite longtemps qui est l'haleine du monde, qui efface les frontières, les Noëls et les Pâques, qui permet de s'y retrouver même quand on s'est déjà perdu. Un

McDonald's devant une gare, c'est la seule église de tout mécréant, les fous et les misérables y entrent ne serait-ce que pour pisser. En comparaison, Santa Maria Maggiore, là-bas au bout, est une illusion, les anges en bronze qui veillent sur le long sommeil du pape Sixte Quint n'ont jamais regardé dehors.

Les dealers se mêlent aux scénaristes et aux grands metteurs en scène du nouveau cinéma italien qui, paraît-il, peuplent le quartier (pour le moment, Nino n'en a pas rencontré l'ombre). Sur le trottoir en face du supermarché, les clochards ont une grâce toute à eux, rien de fortuit, une maison est une maison même si c'est un trottoir, on a besoin d'un minimum d'ordre, il suffit de s'organiser. Cette cigarette, qu'une vieille femme habillée en noir savoure en tendant ses pieds nus et sales vers la rue, prend ainsi quelque chose de solennel, ou plutôt non, de doux – oui, la douceur de la vie, le plaisir d'une cigarette appartiennent aussi à la misère noire, pense Nino dès son réveil, prêt, comme toujours, à prendre un petit déjeuner qui lui sert en même temps de déjeuner. À la fenêtre de sa chambre, le store ne ferme pas bien, pas complètement, il laisse passer, à l'aube, le peu de lumière suffisant à réveiller Nino, qui se tourne de l'autre côté, toujours avec une pointe d'angoisse : un matin sur deux, il a peur d'avoir oublié un examen, ou que sa mère l'appelle pour aller à l'école. Nino, réveille-toi ! Mais ça ne dure pas longtemps du tout, et le voilà de retour en lieu sûr, sur les territoires du sommeil.

SA PARTIE DE RÉFRIGÉRATEUR est à moitié vide, il préfère manger pour huit euros chez les Chinois, c'est plus économique. Parfois, la petite amie du futur ingénieur cuisine aussi pour lui, que la chose n'amuse cependant pas beaucoup, il en profite, certes, mais Linda le lui fait trop sentir. Elle a des mouvements de gros phoque – elle n'est pas maigre, mais pas disproportionnée non plus, il paraît même qu'elle a un certain succès, et précisément grâce à son embonpoint –, elle range la pièce en marmonnant à la manière d'une tante qui remet de l'ordre dans les jouets de ses petits neveux ou qui restaure le salon après leur première fête alcoolisée. Elle sert des pâtes à l'*amatriciana* et, tout en les versant dans l'assiette de Nino, elle l'interpelle à brûle-pourpoint : tu ne fais jamais la cuisine ? tu ne fais jamais de courses, toi ? Pour être exact, l'accent de Linda donne à ces phrases une autre sonorité, avec des dentales mal prononcées et des chuintements indus. Lui ne réagit pas, il se contente de sourire, mais il voudrait lui dire que oui, il sait : je sais que tu es là pour préparer de bons petits plats à ton chéri, mais cent cinquante grammes de spaghettis en plus, quelle différence ? et de toute façon, je ne vais pas tarder à me lever de table, à rejoindre ma chambre et à vous laisser manger le dessert en tête à tête. D'ailleurs, tu parles d'un dessert ! Ce sempiternel flan en plastique fondu. Puis, de sa chambre, il les entend ricaner d'une manière insupportable jusqu'au moment où – c'est déjà arrivé – le rire devient plus convulsif et finit par s'éteindre, par se transformer en un gémissement intermittent qui les accompagne vers le divan avec une nuance de provocation – mais à qui est lancé le défi ? Il n'y a que Nino dans l'appartement, et il ne ressent ni trouble ni envie. Il attend qu'ils aient fini, passe dans la cuisine, y prend un verre d'eau et la poubelle à descendre. Il leur jette alors un regard ironique, mais sans malice, pour le seul plaisir de les démythifier, de leur dire avec les yeux : vous n'êtes ni les premiers ni les derniers à faire l'amour, sur cette planète, alors laissez tomber vos simagrées. C'est seulement dans ce genre de circonstances qu'il prête attention à l'absence de télévision : en général, c'est le lundi ou le mardi, les jours où il ne sort pas, et il se souvient alors que jusqu'à trois ou quatre ans plus tôt, il était presque accro aux vidéos.

DEUX HISTOIRES QU'IL RACONTE très bien seraient censées, à l'en croire, apporter la preuve de sa vocation très précoce d'animateur. Difficile de le croire, pourtant, quand il prétend que son grand-père – une espèce d'inventeur – avait vidé un vieux téléviseur à tube cathodique de la totalité de ses mécanismes internes, vidé comme un poisson, et n'y avait laissé que l'écran et le cadre. Fixé sur un petit meuble à roulettes à la bonne hauteur pour Nino, alors âgé de moins de onze ans, cet appareil permettait au gamin de se lancer dans des solos ridicules et insensés destinés à sa famille, sa bonne bouille placée derrière l'écran.

Bonsoir à tous, bienvenue dans notre nouvelle émission en direct des studios de la via Pisacane, dans un instant, nous serons en communication avec Paris pour un scoop sensationnel. Paris, vous m'entendez ? Ah, il doit y avoir un problème, nous réessaierons plus tard. Passons maintenant aux informations de la journée – et alors, une à une, en estropiant souvent des sigles et des noms qu'il n'avait jamais entendus auparavant – en particulier les mots russes, par exemple Minsk, KGB, Medvedev – ou encore sur un ton inadapté, léger, pour parler d'immenses tragédies, il commençait sa litanie de nouvelles trouvées sur Televideo ou repubblica.it. Les spectateurs faisaient preuve d'une patience peu commune, puisqu'ils devaient supporter deux journaux télévisés de suite, le premier, très confus, en direct du salon, et puis le vrai, qui souvent était même pire.

L'autre histoire que Nino raconte relèverait d'une psychothérapie, si elle était authentique. Selon lui, vers une époque où il approchait de la puberté, il avait mis un terme aux journaux télé. L'appareil vide ne transmettait plus rien, un éternel programme muet à la manière du vieux signal horaire, une mire de la couleur du papier peint, derrière la vitre. Pour finir, son grand-père s'était débarrassé de cette preuve matérielle insensée de l'ego de son petit-fils. À ceci près que ce même petit-fils avait continué ses émissions, sans aucun son et sans écran, les programmes étaient restés à l'antenne pendant quelques années encore, par intermittence, sous forme de monologues chuchotés semblables à ceux des gens qui s'adressent à un ami imaginaire. On était certes hors délai (les premiers poils pubiens venaient de faire leur apparition), mais Nino – les matins d'été, quand il faisait le tour du garage à bicyclette ou qu'il allait faire les courses avec la liste rédigée par sa mère – continuait à dire bonjour et au revoir à ses téléspectateurs : bienvenue, chers amis de *Big Bang* – En voilà un drôle de titre, qu'est-ce que ça veut dire ? Je ne sais pas, il m'est venu comme ça –, à garder le contact avec eux, la petite foule de son public fantôme.

Tu te sentais très seul ? Dis-moi la vérité. Rien d'anormal, enfin quoi, rien d'anormal. Tu es sûr ?

IL A RÉUSSI à la faire rire en lui offrant une part de sandwich. Teresa était arrivée très ponctuelle à la sortie du théâtre, je lui avais envoyé un message pour l'avertir que j'aurais un peu de retard. Il s'agissait d'une interminable engueulade dont la malheureuse victime était un garçon de mon cours. Nino était resté pour tenir compagnie à ma nièce. Il avait, dans son sac à dos, un sandwich à l'omelette – une de ses rares spécialités culinaires. Tu en veux la moitié ? Teresa avait souri pour dissimuler son haut-le-cœur à l'idée de ce pain rassis et de cette graisse restés toute la journée dans ce sac gris d'où on venait de les extraire : d'un geste digne d'un magicien, il faut le reconnaître – le lapin blanc enveloppé dans du papier d'aluminium. Nino a insisté, Alors, ça te dit ? Elle a refusé une, deux, trois fois. Au quatrième non, il lui a mis le sandwich sous le nez, et elle a mordu dedans. Elle ne sait elle-même pas bien pourquoi, un minuscule morceau de pain et d'omelette, qu'elle n'a d'ailleurs pas trouvé si mauvais, et puis c'est tout, elle s'est mise à rire et elle s'est rappelé un camarade de classe qui s'appelait Zannoni, on aurait dit un petit paysan, tout le monde se moquait de lui à cause de ses chemises de grand-père et surtout des gros sandwiches qu'il sortait au moment de la récréation, enveloppés dans un mouchoir en papier et du film plastique avec un soin infini, émouvant, en tout cas pour elle oui, émouvant, et il y avait dedans de la confiture ou des légumes cuits – ce qui suscitait chez les autres une hilarité stupide et injustifiée. Zannoni se faisait tout petit dans son coin et mettait en action ses grandes dents d'écureuil, sans même trop de honte, il était juste triste et très loin. Il n'a peut-être pas le courage de dire à sa mère qu'elle le met dans une situation embarrassante, avec ses sandwiches, ils ont un côté préhistorique, comparés aux chips et aux goûters tout préparés, pensait Teresa. Ou peut-être que non, qu'il ne veut même pas le dire à sa mère, il s'en fiche. Un matin, elle s'était approchée de lui – elle qui ne lui avait jamais adressé le moindre demi-mot –, elle l'avait appelé par son prénom, Marco – pour tout le monde, c'était uniquement Zannoni –, et elle lui avait dit : Marco, je peux en prendre une bouchée ? Elle avait l'impression que c'était la chose à faire. Quelque chose de doux, aussi. Lui n'avait pas répondu, il avait simplement rougi, et il lui avait offert un morceau pris sur la partie intacte du sandwich, sans parler. Elle n'avait jamais rien mangé de meilleur, à la récré et partout ailleurs. Merci, lui avait-elle dit, merci et rien de plus, tandis qu'il mordait à nouveau son pain en baissant les yeux.

À la sortie de ce souvenir, Teresa a demandé à Nino, sur un ton de confidence qui l'a étonnée, comment se passait le cours. Bien, a-t-il répondu la bouche pleine, je dois prendre mes marques, mais tout va bien. Ces élèves de soixante, soixante-dix ans sont exigeants, ne va pas croire, ils ont leurs prétentions, il y a toujours une petite vieille très aigrie qui exige, et je ne sais même pas quoi. Par chance, la majorité se laisse conduire. Et de toute façon, toujours par chance, ta tante ne me lâche pas d'une semelle, pour ces premières leçons, elle est là, comme un faucon, elle intervient, elle corrige, elle relance. Maintenant, formez un grand cercle. Ensuite, formez des couples. Vous devez construire un dialogue sans paroles, faire la connaissance de l'autre, mettez-vous face à face, puis dos à dos, puis de nouveau face à face, tendez les bras, posez vos paumes de main contre celles de votre partenaire, bien à plat. Et toi, tu les observes, d'abord troublés, perplexes, se laissant aller à des gestes jamais faits. Les plus dégourdis sont ceux qui ont l'expérience de centaines d'après-midi dans des centres de loisirs pour personnes âgées ou de soirées dansantes, ils font les malins, ils mettent leur grain de sel. Je trouve que ce n'est pas très différent d'un boulot dans le club pour enfants d'un village de vacances, et rien ne prouve qu'ils soient plus disciplinés que des gamins.

Quand Nino a parlé de club pour enfants, Teresa a souri. Il s'en est aperçu et lui a demandé pourquoi. Pourquoi as-tu souri ? Elle s'est mise à lui parler de son travail, alors qu'il ne lui avait pas posé la moindre question à ce sujet, j'avais d'autres rêves, d'autres ambitions, mais les choses se sont passées ainsi – elle l'a dit sans tristesse –, je me retrouve à organiser les voyages des autres, à m'assurer que s'ils choisissent tel hôtel, telle croisière ou tel séjour de sports d'hiver, il y aura bien un club pour enfants, et qu'ils peuvent partir tranquilles.

IL EST ENTRÉ CHEZ BORRI, la librairie de la gare Termini, il est allé tout droit au rayon théâtre. Parcourir les titres lui a suffi pour revenir deux ou trois ans en arrière, à la table d'un bar où il lisait les comédies de Goldoni avec un ami calabrais tout juste transplanté dans le quartier Tiburtina et aux prises avec le dépôt de garantie pour la location d'un sous-sol. Ils avaient des discussions acharnées sur l'utilité de la diction. Comment est-ce que tu prononcerais cette réplique, avec un s sourd ou un s sonore ? Après quoi, le Calabrais retrouvait son accent méridional, Nino retrouvait son accent romain, et bonsoir chez vous.

Vous aviez l'air de deux types qui ne feraient jamais grand-chose – l'odeur de sueur qui se dégageait de votre haut de survêtement en tissu synthétique, la barbe touffue de vos trisaïeuls du XIXe siècle. En attendant, votre passion pour les séries télé laissait un peu de place à vos premières notions sur la méthode Stanislavski. En cours, vous me torturiez avec vos questions sur les personnages à interpréter : je les approuvais, mais elles étaient, je peux le dire maintenant ? ridicules. Où va Othello, lorsqu'il sort de scène en proie aux premiers doutes qui le rongent ? demande Stanislavski. Et vous : quelle sorte de colère Mirandoline éprouve-t-elle envers Fabrizio ?

MIRANDOLINE Allez me préparer un autre fer à repasser, et apportez-le-moi quand il sera chaud. FABRIZIO J'y vais de ce pas. Et croyez-moi, si je pouvais parler… MIRANDOLINE N'en dites pas davantage. Vous me mettez en colère. Et c'est ainsi que la Mirandoline de ce lointain après-midi faisait semblant de repasser du linge d'un mouvement brusque tout en se plaignant d'un vin de Bourgogne, un maudit vin de Bourgogne qui lui avait fait du mal. Sa grosse chemise blanche laissait deviner la forme de sa poitrine, Nino se demandait si cette histoire de fer chaud ne cachait pas une allusion à autre chose, sans pour autant avoir le courage de poser la question. Mais il en était presque certain. Puis MIRANDOLINE [*se retournant avec fierté*] demandait au chevalier : qu'attendez-vous de moi ? LE CHEVALIER répondait : de l'amour, de la compassion, de la pitié. Nino aurait répondu : que tu sortes avec moi ce soir. Et il le lui avait demandé, sans tourner autour du pot, pendant qu'elle fermait les boutons de son manteau. Mirandoline avait accepté, et à la deuxième bière, elle était là à parler du garçon qu'elle fréquentait à Rome alors qu'elle était encore – techniquement, avait-elle précisé – avec un garçon de Milan, enfin pas tout à fait, un endroit en *-ano* où elle n'avait jamais mis les pieds. Elle s'était mise à rire toute seule sur ce suffixe, bouche grande ouverte, le buste secoué par une sorte de hoquet, et allons-y avec une gorgée de tequila, et à nouveau des rires. À ce stade, Mirandoline était, aux yeux de Nino, une tache de lumière claire, une apparition euphorique qui ne reprendrait un contour humain qu'à la sortie du café, lui encore un peu ahuri, elle très éveillée. Là, tu serais supposé me demander de monter chez toi, lui avait-elle dit en lui soufflant son haleine alcoolisée sur le nez – il avait répondu oui, en effet, et il l'avait embrassée. Chez lui, tout le reste, et puis, une déception inhabituelle que même la douche n'avait pas supprimée, à cause de quelque chose de rapide, de trop rapide, et de facile, de trop facile, et de toujours pareil, aussi. Il n'arrivait pas à se souvenir du moindre détail de son corps à elle, ni le lendemain ni maintenant, à la caisse de la librairie.

Il a acheté *Les Fausses Confidences*, après avoir eu un peu de mal à fixer le nom de l'auteur, Marivaux. En parcourant les premières pages, au pif, il a eu l'impression d'avoir affaire à un texte élégant, vieillot, maniéré, avec Arlequin et des gens qui font des révérences et des pirouettes : « Ayez la bonté, monsieur, de vous asseoir un moment dans cette salle, Mlle Marton est chez madame et ne tardera pas à descendre. »

ASSISE DANS UN COIN de la salle de répétitions, je les observais. Nino et ses élèves âgés. Voici donc le jeune professeur qui se met en quatre pour gagner leur confiance, gesticule, transpire, hésite entre un sérieux de manuel et un petit air sournois. Il cherche à plaire, oh oui, et avec certaines femmes ça marche tout de suite, il est à leurs yeux un grand garçon sympathique, beau même s'il était laid. L'abysse béant qui sépare leur âge et le sien ne peut être comblé que dans la familiarité du rapport grand-mère petit-fils. Ou bien dans la légère malice avec laquelle ses élèves féminines, par groupes de trois ou quatre, parlent de lui. Protectrices, importunes, envahissantes. Salut les filles, voilà comment elles se saluent entre elles, et cette phrase produit un son joyeux, moins affectée qu'entre gens de cinquante ans. Ils semblent appartenir à deux espèces différentes, Nino et Mme Perrotta, quand ils se prennent par la main, rejoignent le milieu de la scène et lisent, à l'improviste, un dialogue tiré d'*Une maison de poupée*. Lui fait Helmer, elle fait Nora. Quand Helmer implore Nora de rester, la supplie de ne pas s'en aller et crie : Nora ! on a l'impression d'expérimenter une autre dimension du temps. Multivers, théorie des cordes, tout ce qui pourrait permettre une rencontre entre la veuve Perrotta de soixante ans, aujourd'hui, lundi 19 novembre 2012, et son jeune mari, son mari tel qu'il pouvait être, tel qu'il était, en 1961, frais émoulu du oui à l'autel et de la première nuit, avant tout le reste et avant le pire. Immobile pour toujours, lui, à quinze mille jours de la fin. Mlle Perrotta, en revanche, n'a pas le droit de faire des calculs. Et de toute façon, elle est introuvable, elle, disparue – quand, exactement ? – dans Mme Perrotta adulte, dans la petite vieille de ce soir, à l'exception de ses yeux (ils brillent de la même lueur verte qu'à l'époque) et de la manière dont elle dit, dont elle a toujours dit, « mon trésor ».

Si nos âges étaient toujours visibles sur nous, tous ensemble au même moment, alors Nino pourrait parler autrement à la vieille dame qu'il a devant lui : distinguer avec précision, chez la veuve Perrotta, Mlle Laura – encore si pleine d'espérances. Et lui demander à elle, directement à elle, de danser.

UN SOIR, SANS RAISON, M. Giancarlo s'est mis à parler de Salvo Randone et Vittorio Gassman. Il a dit qu'il était allé les voir au théâtre – au fait, ça remonte à combien d'années ? –, ils jouaient Othello et Iago, en alternance, un soir, l'un faisait Othello et l'autre Iago, le lendemain c'était l'inverse, et ainsi de suite, ils avaient tous les deux un talent exceptionnel. Alors, Nino a demandé s'il y avait une trace quelconque de tout ça sur YouTube, quelqu'un a répondu : bien sûr, maintenant on trouve tout là-dedans. M. Giancarlo a voulu interroger Nino sur le sujet, peut-être pour le mettre à l'épreuve. Quand on est professeur d'art dramatique, il y a des choses qu'on doit connaître, n'est-ce pas ? Nino a répondu qu'il savait très bien qui était Gassman, il avait vu plusieurs films aussi bien avec le père qu'avec le fils, Alessandro. M. Giancarlo s'est énervé : je parlais du père, bien entendu. Je sais, a dit Nino. Vous les jeunes, vous ne savez jamais rien, on se demande d'où vous sortez. De l'avenir, a rétorqué Nino avec un sourire, mais M. Giancarlo est resté sérieux, il a ronchonné, il a dit qu'il n'y a rien d'intelligent à se vanter de sa propre ignorance, que bien au contraire, c'est même stupide. Je ne me vantais de rien, a répliqué Nino. J'ai à peine eu le temps de grandir, et on avait déjà changé de siècle. M. Giancarlo a insisté, Tout le passé n'est pas à jeter. J'ai fait un signe à Nino pour lui conseiller de laisser tomber, de ne pas laisser la prise de bec se prolonger.

Toujours est-il que, cours après cours, ces deux-là ont continué à s'envoyer des piques, et à l'avant-dernière répétition avant Noël, M. Giancarlo a demandé à Nino ce qu'il pensait de la démission probable du président du Conseil. Je ne m'intéresse pas beaucoup à la politique, a répondu Nino. Tu as tort, tu ne crois tout de même pas que tu te fais honneur ? Non, mais c'est comme ça. Ils ont continué un peu, certains, autour d'eux, essayaient de les convaincre d'arrêter, mais le gros des troupes était concentré sur le *panettone*. Tu me casses les couilles. Tout le monde l'avait entendue, cette phrase, mais M. Giancarlo l'a répétée : tu me casses vraiment les couilles. Ensuite, il est resté silencieux un moment, dans l'embarras général – le regard d'un père déçu. Un vieux et inutile père déçu. Je ne vous réponds rien par respect pour votre âge, a dit Nino, ce qui n'a fait qu'aggraver la situation. D'une voix affaiblie, l'autre a commencé une phrase. De mon temps, a-t-il dit, et il s'est arrêté là, agacé par ses propres mots. Après le cours, Nino y a longtemps repensé. Qu'est-ce que ça signifie, exactement ? Quand, où et pourquoi le temps de quelqu'un s'achève-t-il ? combien dure-t-il ? Et le mien, c'est quoi ? Il aurait aimé avoir la réponse de Teresa, c'est ce qu'il a pensé, il lui aurait demandé son opinion sur toute cette histoire, mais à la deuxième cigarette, elle n'était pas encore arrivée. Au fait, et Teresa ? m'a-t-il demandé dès qu'il m'a vue sortir. Elle est enrhumée, ce soir, je dois prendre le bus, ai-je répondu.

IL VOULAIT LUI PARLER. « Comment vas-tu ? » Cette phrase était devenue, pour une fois, une question urgente à poser à quelqu'un. Un simple rhume, certes, un rhume on ne peut plus banal ! Mais il ne pouvait pas s'empêcher de l'imaginer : un gros chandail (sans soutien-gorge, peut-être), le nez rouge. Il a gardé en tête deux ou trois variantes d'un même message à lui envoyer sur Facebook, il a choisi la plus spirituelle, puis il a attendu. Pas de réponse. Il s'est d'abord expliqué ce silence par une éventuelle fièvre ; il a ensuite cessé d'y penser pendant quelques heures ; enfin, il y a réfléchi à nouveau avec une certaine irritation. Le lundi suivant, après s'être assuré qu'elle était guérie, il a ajouté : tu pourrais tout de même répondre. À quoi ? a-t-elle demandé. Elle lui a paru distante. Elle l'était. Il s'est senti indiscret, et maladroit. Il a laissé tomber, il lui a dit : alors salut, joyeux Noël, et il l'a plantée là, à la porte du théâtre. Il lui a marmonné entre les dents d'aller se faire foutre, avant de s'apercevoir à quel point il avait été pathétique. Il avait joué les enfants vexés, un point c'est tout. Maintenant, il y avait les vacances entre eux deux : il la reverrait dans vingt jours. Il voulait inventer quelque chose, dans l'intervalle : pour corriger l'image qu'il avait donnée de lui-même. C'était, comme au théâtre, le défi du lendemain soir : jusqu'à la dernière réplique, tu peux encore faire mieux et ne pas passer pour un cabotin.

Il y a un moment, à la fin de chaque représentation : quand tu as reçu les derniers applaudissements, que les spectateurs se lèvent, bavardent, se demandent où ils ont garé leur voiture, où aller dîner, et toi tu es là, dans les coulisses, en sueur, épuisé, les larmes aux yeux en tout cas, sans savoir encore si tu dois être satisfait ou non. Puis, comme à travers un brouillard, un détail apparaît, un seul, le moment le plus raté, le plus ridicule – la voix devenue criarde, la réplique oubliée et rattrapée en plein vol, un mouvement qui aurait dû être souple et qui a été raide, manqué, tout à fait manqué. Peut-être que personne ne s'en est aperçu, mais c'était terrible. Même le metteur en scène ne l'a pas remarqué ? Peu importe, c'est une tache maintenant, le signe de l'irréversible. Et voilà donc Nino, encore une fois, face au paradoxe du bon jeu théâtral : un quasi-contresens, à en juger d'après ce qui se passe dans la vie. D'ailleurs, on joue toujours un peu la comédie, du mieux qu'on peut. Et non, il ne s'agit pas seulement de mensonges – de gens qui portent des masques qu'ils ne devraient pas porter, de gens qui cachent des choses, qui dissimulent, dans la crainte d'être pris, et punis. Il y a une part de théâtre dans chacun de nos actes – Nino aussi commençait à le comprendre –, une pose, une intonation, un geste, une expression du visage qui correspond à un calcul, et en tout cas à une attente. Ce n'est pas une question de double vie, mais de cette vie-ci, la seule : il y avait donc du théâtre, et du très mauvais, dans la scène où il tourne le dos à Teresa et la plante là. Il y a du théâtre, le plus souvent très ordinaire, au téléphone, au bureau, dans la chambre à coucher ; l'entretien d'embauche, la leçon récitée à l'école, le dîner préparé avec le plus grand soin, la robe enfin enfilée après en avoir jeté trois ou quatre sur la chaise, c'est du théâtre. Et comme dans l'autre, le vrai, rien ne se reproduit tel quel : presque pareil, oui, mais jamais à l'identique, rien ne se répète, rien ne laisse de trace. Tout n'existe qu'à ce moment-là et puis plus rien, tout disparaît, s'évapore, sans autre témoin que ce public restreint, choisi ou improvisé, rassemblé au pied levé : comme autour des chanteurs de rue, des saltimbanques, des fous.

En apparence, une querelle domestique (les objets volent, les portes claquent) occupe une place plus légitime que d'autres circonstances parmi les pantomimes : en réalité, à moins de vivre dans le désert, tous nos actes ont un public. Méfiant, anxieux, attentif, con. Il n'arrête pas de faire des commentaires, de donner son opinion à voix haute, ou encore à voix basse, à l'oreille de gens qui, une demi-heure plus tard, échangeront d'autres commentaires avec d'autres gens, feront des remarques sur toi avec tes ennemis. C'est ce public de merde qui nous maintient en vie, qui nous rend vivants. Il donne du poids et du sens au moindre de nos mouvements sur la croûte du monde, on obtient parfois ses bonnes grâces, mais pas pour longtemps, et en tout cas, mieux vaut ne pas compter dessus. Il est inconstant, imprévisible, toujours critique, pas trop généreux, et pourtant nécessaire. Nous sommes tous un spectacle pour quelqu'un d'autre.

S'IL Y AVAIT UN MOYEN de rattraper le coup, Nino voulait essayer. Mais pourquoi donc ? Et rattraper quoi, exactement ? Il ne le savait pas, mais peu lui importait. Inutile de se poser trop de questions. Il irait la voir à l'agence de voyages, sans faire semblant de passer là par hasard : un sourire d'elle lui suffirait. Il lui dirait : tu peux m'organiser un séjour de nouvel an *last minute* ? Il l'a entrevue depuis la rue, à travers la porte vitrée, derrière le comptoir. Il n'y avait personne à l'intérieur, elle tenait les yeux baissés sur ses papiers. Nino s'est débarrassé de son indécision au moment même où il a poussé la porte, un carillon a retenti pendant qu'il disait, triomphant : bonjour Teresa ! Elle a levé les yeux mais pas le menton, pas tout de suite, elle lui a adressé un sourire embarrassé, ou plutôt amusé, ou du moins c'est l'impression qu'il a eue. Tu es venu réserver un voyage ? Elle lui a coupé l'herbe sous le pied, l'a empêché de prononcer la réplique censée la surprendre. Il ne s'est pas pour autant avoué vaincu, il a relancé : qu'est-ce que je pourrais bien faire d'autre, dans une agence de voyages ? Sans attendre la réponse, il a ajouté : excuse-moi, pour l'autre soir. À quel propos ? La scène que je t'ai faite. Tu es comédien, non ? Elle était ironique, et acide. Oui, a répondu Nino, mais les représentations ne sont pas toujours réussies, même les plus grands acteurs peuvent avoir des défaillances. Elle a capitulé devant son sens de la repartie, elle a changé de ton, elle lui a demandé : où veux-tu aller ? Elle s'est retournée, elle a désigné du doigt le planisphère accroché au mur : le monde entier est à ta disposition. Où as-tu envoyé les clients qui sont passés avant moi ? À Disneyland Paris, ils partent le 27 et reviennent le 3, qu'est-ce que tu en dis ? Elle a pris le dépliant, elle l'a feuilleté à la hâte, elle lui a expliqué que s'il voulait, il pouvait réserver une chambre à thème sur Noël. C'est comment ? Pas très difficile à imaginer, non ? a répondu Teresa avec un soupir : le sapin, les petites ampoules, quelques sympathiques et gigantesques animaux en peluche. Ah, j'oubliais, tu peux aussi assister à la Disney Parade de Noël ! J'en meurs d'impatience. Bien : chambre double avec un grand lit matrimonial, télévision avec toutes les chaînes Disney, délicieux buffet international pour le petit déjeuner, jacuzzi, sauna, hammam, environ cinq cents euros pour trois jours, je continue ? Tu sais, c'est une super offre. Nino s'est mis à rire : tu irais, toi ? Il a failli dire : *tu viendrais,* il s'est repris à temps. Moi oui, a-t-elle répondu, je n'y suis jamais allée. Tu ne crois pas que nous sommes un peu âgés, pour Disneyland ? Non, a-t-elle dit sans rien ajouter. *Sérieusement,* qu'est-ce que tu as au programme pour les vacances de Noël ? Sérieusement, rien. Et elle lui a expliqué que pour elle, le plus beau était de ne pas en avoir, de programme, de passer des après-midi sous la couette, sur le canapé, de regarder de vieux films, toujours les mêmes, vus deux millions de fois, de prendre un thé ou un chocolat chaud, de profiter de l'atmosphère, elle ne te plaît pas, à toi, cette atmosphère ? Nino est resté silencieux, il la regardait avec la concentration qu'on accorde à un rébus, elle s'en est rendu compte, elle a dit : qu'est-ce qu'il y a ? Ensuite, il a voulu savoir ce qu'elle ferait pour le réveillon du nouvel an, elle lui a répondu qu'elle n'y attachait pas beaucoup d'importance, pourvu que ça passe vite, ça me rend triste, je préfère Noël. Moi c'est tout le contraire, voilà ce qu'il aurait dû lui dire, et au lieu de ça, il a insisté, il tenait à apprendre ce qu'elle faisait – *de si spécial* – le 25 décembre, une journée que lui associait à de très lentes minutes grises. Et je serais supposée faire quoi de spécial ? Qu'est-ce qu'on fait, d'habitude, à Noël ? On reste avec sa famille, on va à la messe, a-t-elle dit d'un air sérieux, que veux-tu qu'on fasse ?

Il a fixé sur elle un regard trop long, elle l'a remarqué : j'ai dit quelque chose de mal ? Pas du tout, a-t-il répondu en souriant. Toujours est-il que pendant ce temps, il pensait à tout ce qu'elle avait de mystérieux, d'indéchiffrable. Il commençait aussi à la soupçonner de se moquer de lui. Elle est différente, pas de doute là-dessus : mais différente-snob, différente-connasse, différente-folle ? Trop tôt pour se prononcer. Et ça valait la peine, de le découvrir ?

Nino se l'est demandé toute la soirée, et il a continué le lendemain matin dès son réveil, quand il s'est précipité parmi la foule à la recherche des derniers cadeaux de Noël, avec l'idée – l'obsession – de lui en acheter un. Quelle bêtise, s'est-il dit en faisant du lèche-vitrines à la poursuite de l'inspiration, c'est insensé. Il fallait trouver une petite chose, qui n'engage à rien, qui lui interdise, à elle, d'y voir quoi que ce soit d'autre qu'un témoignage de gentillesse négligeable et, surtout, dénué d'allusions. Et si elle allait croire que je la drague ? Laisse tomber, a-t-il conclu tout en demandant à la vendeuse son avis sur la couleur de l'écharpe qu'il venait de choisir pour Teresa. Une écharpe ! Quel cadeau banal, Nino, c'est le dernier refuge de ceux qui n'ont pas d'idées. Voyons un peu. Il ferait comme ceci : lundi 7 janvier, à la sortie du cours, il attendrait un signe – un frisson, un frottement de mains – et hop, l'écharpe sort aussitôt du sac. Comme par magie. Le *coup de théâtre*[1]. Il la lui mettrait autour du cou en disant quelque chose du genre : joyeux Noël, même si c'est en retard.

1. En français dans le texte. (*N.d.T.*)

Et puis, l'imprévisible s'est produit. L'après-midi du 24 décembre – sa mère s'activait aux fourneaux, le salon était déjà saturé d'odeurs de fritures –, Nino, affalé sur le divan, absorbait par petits tas les vœux en série. Meilleurs vœux, tous mes vœux à toi, encore tous mes vœux : des rebonds à vide, sans véritable chaleur, qui l'exaspéraient. Au beau milieu de sa énième réponse paresseuse – aucun vœu particulier à présenter à ces gens, aucun – il a vu la notification : Teresa Campoli t'a envoyé un message. D'abord, il y avait écrit Ciao Nino ; bon, au moins, ce n'était pas un message collectif. Puis il y avait écrit : je te souhaite, dans les jours qui viennent, d'entendre des sonneries retentir en toi. Et pour finir : ciao, Teresa. Nino a changé d'état d'esprit trois fois en quatre minutes. Ah, tiens donc. En premier, de la satisfaction. En deuxième, de l'agacement : les sonneries, le ciao de connasse, mais qu'est-ce qu'elle me veut, celle-là ? Enfin, de l'inquiétude, celle de ne pas savoir quoi répondre, ni quand : tout de suite ou plus tard ? Il a mis son téléphone de côté, il a rejoint la cuisine, il a pris un filet de cabillaud frit sur le plateau, il a attendu que sa mère dise : n'y touche pas, elle l'a dit, il s'est taché les doigts de graisse et à ce moment-là, une sonnerie a retenti, Nino s'est mis à rire, c'était celle du four. Sa mère lui a demandé : qu'est-ce que tu as, à rire ? Rien, lui a-t-il répondu la bouche pleine, les sonneries !

Il a continué à y réfléchir toute la soirée, en jouant aux cartes dans la cuisine avec ses cousins et ses oncles, à l'intérieur d'un temps qui semblait immobile depuis quatre, cinq, dix Noëls – la même obscurité enveloppe le jardin comme une coquille, les lumières de la crèche, là-bas, clignotent dans le salon vide, l'odeur de cuisine imprègne les pull-overs en laine, maintenant comme alors, et les joues sont rougies par le vin et la chaleur du poêle. Eh oui, mon cher Mr Scrooge, c'est Noël, à nos latitudes, impossible de faire comme si de rien n'était, tu as toujours dit que tu ne le supportais pas trop bien, mais il a suffi que minuit approche, que ton oncle, comme toujours, te demande : tu as appris ta poésie, Nino ?, et toi, comme toujours, tu as fait semblant de te mettre debout sur ta chaise, ça a suffi, cette fois-ci, pour susciter en toi le souvenir de toi-même, dans le hall de l'école, déguisé en sapin de Noël – collant marron, T-shirt vert, branches en carton, micro orange, bâton jaune, *Un joyeux arbre de Noël | se met soudain à marcher,* alors tu as dit : oui, je l'ai apprise, tu es vraiment monté sur ta chaise, ton oncle a ri, ta mère aussi, tu es vraiment fou, a-t-elle dit, et toi, figé sur ta chaise, tu n'as pas commis la moindre erreur : *Saisit d'une branche une grosse valise* – les grimaces, Nino, les grimaces ! s'exclamait Mme Rosanna, l'institutrice – *et se dirige en hâte vers la gare. Il prend un billet pour le mont Blanc |puis s'allonge sur sa couchette, car il est fatigué | les voyageurs qui l'entourent | lui demandent d'éteindre ses petites ampoules.* C'est le début d'une histoire presque triste, l'arbre raconte à ses frères qu'il avait éprouvé une immense nostalgie de son chez lui, *Je voyais mes montagnes, mes étoiles | les fables du vent, si belles.* Ici, la voix de Nino s'est un peu étranglée, personne ne s'en est aperçu, il a continué jusqu'au bout. *Que vas-tu en faire, de toutes ces petites ampoules ?* Descendu de sa chaise, il a été pris d'une sorte de vertige, il a sombré dans un petit trou spatiotemporel où clignotaient à nouveau, comme les lumières de la crèche, dans l'autre pièce, les manèges, les parcs d'attractions, les sacs à dos, comme une pluie de météorites de l'enfance : on avait l'impression que quelqu'un lui renversait sur la tête de gros cartons remplis de jouets, remisés à la cave depuis dix ans.

Il découvrait ainsi que l'enfance nous convoque encore et encore. Il n'en était pas sorti depuis longtemps, mais il s'était dépêché, il n'avait donc plus aucune raison de s'y prendre les pieds. Mieux encore, il s'était employé à bien l'enterrer sous le grand platane des derniers étés, comme un vieux chien. Seul et en compagnie : à force de cigarettes fumées en cachette, de gros mots, de rodomontades. Pendant que les parents et les grands-parents prenaient l'air au balcon ou s'assoupissaient devant la télévision, les gamins et les gamines autorisés à sortir essayaient de s'embrasser sous les toboggans, avec lesquels ils venaient de cesser de jouer. Les plus âgés de la bande, malchanceux ailleurs, n'arrêtaient pas de se vanter, auprès des plus petits, de choses qu'ils n'avaient jamais faites. Avec leurs maillots de corps jaunes, ils ressemblaient à de gros insectes phosphorescents, messagers d'un monde fascinant et sordide. PREMIER FANFARON à SECOND FANFARON T'en as baisé une autre ? SECOND FANFARON C'est clair. PREMIER FANFARON Sous la tente ? SECOND FANFARON Ouais. Rien de plus que du théâtre, ici encore, même s'il expliquait ensuite aux autres, dans tous les détails, ce qu'on ressent dans ces moments-là, oh les mecs. On aurait dit qu'il avait consulté une version démentielle de *Gray's Anatomy*. Si quelqu'un remettait en doute son témoignage, le SECOND FANFARON se fâchait : je peux me taper ta sœur quand je veux, répondait-il d'un air méchant – et ç'aurait été amusant de le voir réellement aux prises avec la sœur de ce pauvre Luciano, une diplômée de médecine qui aurait pu lui remettre les idées en place sur les organes génitaux masculins. Devant elle, il serait redevenu un simple gamin de treize ans stupide et ignorant, sans autre préoccupation, devant sa glace, que la perfection de sa mèche. Dans leurs chambres remplies d'automobiles en miniature, c'était seulement durant leur sommeil – un sommeil d'enfant – que ces mutants redevenaient inoffensifs.

LE SOMMEIL DE LA NUIT de Noël a été doux, et tranquille. Nino s'est réveillé tard, il a regardé dehors, la pluie ne lui a pas enlevé sa bonne humeur. Parmi les messages qu'il a reçus, celui de son élève la plus âgée l'a fait sourire, elle ajoutait à ses vœux : « Je suis cert1, comme je te l'ai déjà dit, que l'année nouvelle remettra tout en ordre. »

Cert1 ? De même que d'autres gens de son âge, elle manquait encore de familiarité avec le langage des SMS. En tout cas, on devinait chez elle une inquiétude que Nino s'était déjà efforcé de dissiper. À savoir que ses frictions avec M. Giancarlo étaient susceptibles de compromettre le bon déroulement du cours. Tu crois vraiment ? Non, non, Mme Cert1, et tu sais quoi ? C'est Noël, et je suis devenu meilleur, moi aussi, je vais décrocher mon téléphone et appeler ce bon vieux Giancarlo.

Allô, monsieur Giancarlo ? Oui. C'est Nino. Nino ? Oui, le prof de théâtre. Ah, Nino. Je voulais vous souhaiter un joyeux Noël. Merci, bon Noël à toi aussi, tu as vu ? Quoi ? Que le président du Conseil a fini par donner sa démission. Oui, j'ai vu. Et qu'est-ce que tu en penses ? Nino s'est jeté à l'eau : Je pense que c'est une bonne chose. Moi aussi, a dit M. Giancarlo, et il a éclaté de rire. Au revoir, monsieur Giancarlo. Au revoir, Nino, à l'année prochaine !

Satisfait et fier de lui, Nino a donc savouré son déjeuner, il a porté des toasts accompagnés d'une gaieté excessive qui – plus souvent que prévu – effleurait une pensée pour Teresa. Dans la torpeur de la digestion, tandis que Canale 5 diffusait *Les Douze Noëls de Kate* et que tout ce sucre new-yorkais, ô surprise, ne l'agaçait pas, mais ne l'aidait pas non plus à garder les yeux ouverts, voilà qu'au cinquième ou sixième Noël (il avait perdu le compte), lorsque Jack dit à Kate eh, attends, ça te dirait de prendre un café ? et que les deux personnages sont enveloppés d'un scintillement irréel, il s'est décidé à lui écrire. Un message court, il a tapé une phrase du style : j'ai fini par les entendre, les sonneries. Il a ajouté un émoticone souriant, il s'est mis à attendre. Sans anxiété : et il a fini par conclure que oui, ç'avait vraiment été un beau Noël.

Vers la fin du téléfilm, Nino s'est endormi et le sommeil l'a transporté jusqu'à l'heure du dîner : son réveil a été une sorte de retour au monde à l'âge de neuf ans. Parce que le sapin brillait encore à côté de lui, parce qu'il était bien au chaud sous une couverture moelleuse, parce que sa mère lui a demandé s'il avait envie d'une tasse de lait ou de thé. Encore somnolent, il s'est mis à penser – confusément, et sans nostalgie – à la distance qui les séparait, lui maintenant et lui à neuf ans. Un retour là-bas aurait été l'équivalent d'une régression, dans un jeu vidéo, du niveau dix au niveau un ou deux. Il y avait un rapport avec les mathématiques et le signe moins : s'il avait soustrait – seulement voilà, quoi ? un après-midi d'avril chez sa grand-mère, lui dans les toilettes à regarder la chasse d'eau emporter son sperme, le premier baiser les yeux fermés derrière l'école, la première cigarette, excitante, splendide, le premier joint, la première cuite héroïque et les suivantes –, s'il avait soustrait tout ça, est-ce que cela aurait suffi ? Tellement de choses s'étaient passées, depuis ! Il en voulait une preuve immédiate ? La voici.

TU AURAIS QUAND MÊME PU me souhaiter un joyeux Noël, disait le message. C'était la jeune fille de Westbourne Grove. Nino s'est aussitôt senti coupable, comme toujours avec elle : ils ne cherchaient plus à se joindre, il ne l'appelait plus, elle ne l'avait pas relancé, et il craignait pourtant de s'être mal comporté, de ne jamais avoir vraiment clarifié la situation. Comme s'il suffisait de quitter un endroit pour quitter quelqu'un. Non, ça ne suffisait pas. Non. Ç'avait eu son poids, de s'être tenus par la main, leurs sacs à dos sur les épaules, en attendant les bagages – le tapis roulant de l'aéroport racontait quelque chose de leur vie. Ç'avait eu son poids, le découragement du premier après-midi de vie en commun – l'appartement semblait sale, humide, le plateau de la douche, écaillé, montrait des taches jaunes, elle avait dit : je crois que j'ai de la fièvre, il avait dit : tu n'as rien du tout, sur un ton courroucé, inquiet –, la sensation inédite et fastidieuse que dorénavant, tous ses états d'âme à elle le concerneraient, lui. Il ne pouvait pas se déconcentrer, pas trop longtemps. Nino je sens que je vais m'évanouir. Nino rentrons à la maison. Nino s'il te plaît appelons un médecin.

À force de se demander s'il fallait lui répondre, et comment, le premier de l'an était presque arrivé. Il pouvait aussi arrêter d'y penser, non ? Et pourtant : que laissons-nous de bien, chez les autres, quand nous partons ? Il serait plus juste – après la fin d'une histoire – que la bande magnétique où nous avons enregistré les premiers mots et les derniers, les syllabes fadasses de la drague, solennelles, martelées, le moment où elles se brisent, au téléphone, quand la voix de l'autre dans l'oreille est encore une surprise, et tout le reste : les chuchotements, lorsqu'on reprend son souffle entre des baisers avec la langue qui durent des quarts d'heure entiers, les confidences, y compris celles qu'on regrette, les phrases prononcées en pleurant et les phrases prononcées en jouissant, et même les conseils, même eux, donnés sans calculer leurs conséquences irréversibles, voilà, il serait juste que tout ça disparaisse, et que la bande magnétique redevienne vierge, qu'elle nous laisse à nouveau étrangers l'un à l'autre, intacts, sans responsabilités réciproques. Au fond, ce n'était pas tant le passé qui lui pesait – il s'en débarrasserait, tôt ou tard, enfin, comme de vieilles chaussures –, c'était plutôt l'avenir. Pas par jalousie, non (il lui fallait, pour en ressentir un peu, se concentrer sur une image précise, une seule, *celle-là*). Il craignait qu'être passé dans sa vie à elle, et en être sorti, puisse en compromettre la suite. Il essayait de se rassurer : mais non, elle a vingt ans ! tu te donnes trop d'importance ! Et cependant, rien qu'à imaginer le moindre effet durable de la blessure qu'il lui avait causée, il se sentait cloué par un sentiment de culpabilité.

Avec tout ça, il a raté son arrêt : il aurait dû descendre au piazzale Prenestino, et le voilà presque arrivé à la piazza dei Gerani. Il s'est aperçu qu'il n'était jamais allé jusque-là. C'était toujours le quartier de Centocelle, certes, mais le nom de cette place aurait très bien pu figurer dans une histoire de Mickey. Picsouville en avait sans doute, une place des Géraniums, sous un ciel éternellement sans nuages. Il a repris le tram dans l'autre sens, il s'est assis derrière une femme aux traits asiatiques qui pleurait presque – en conversation sur Skype avec une petite fille, elle lui faisait coucou de la main, à la façon d'un métronome.

À EN DISCUTER avec deux copains dans un bar de la via del Pigneto, l'idée n'avait pas l'air mal. Mais vous ressembliez à vos propres caricatures : les barbes, les grosses lunettes, la bière de sept heures posée sur la table, le tabac à rouler. Tommaso ne va pas tarder à partir pour son match de foot, il gesticule dans tous les sens, il harponne de temps à autre son téléphone dans la poche de son jean, regarde s'il a des messages, le range. Lorenzo termine sa thèse de civilisations orientales sur Miyazaki, il dit qu'il n'a pas beaucoup de temps et qu'il a la tête ailleurs, une fille de Messine rencontrée dans la rue le rend dingue, il va chez elle dès qu'il a un moment, ils baisent, un point c'est tout, sans échanger le moindre mot. Ne vous déconcentrez pas, leur dit Nino, sinon, on va encore se séparer sans avoir rien décidé. Et toi, lui demandent-ils, comment va, avec les nanas ? Ah non, vous n'allez pas recommencer, répond-il. Il reste sérieux. Il y en a une à laquelle je n'arrête pas de penser, devrait-il admettre, mais il ne dit rien, il détourne le regard, les autres s'en aperçoivent. Alors : il faut que nous trouvions un nom à notre chaîne YouTube – un nom drôle, efficace. La première vidéo, nous la tournerons dans une semaine à la kermesse de la *bruschetta* de Casaprota. Nous en ferons une chaque dimanche : kermesse de la *polenta* à Villa Santo Stefano la semaine suivante, kermesse des haricots à la couenne et aux saucisses à Riano, on termine le mois de janvier avec la fête de la *bracciolata* à Camerata Nuova. Il faut que tout tienne en trois minutes : nos tronches, celles des gens sur les places, la bouche pleine, le monument aux morts, les braseros, les bals publics, la procession, les étalages, les stands de tir, la fanfare. Le défi consiste à faire rire le spectateur, on a besoin d'une touche de surréalisme – le type de vingt ans qui regardera nos vidéos doit se demander si c'est de la réalité ou de la fiction. Et il faut qu'il ait envie de voir où nous allons la fois d'après, de découvrir si nous avons déniché quelqu'un de plus hilarant qu'Omero, le Chevalier maudit de Poggio Bustone, ou que la vendeuse de saucissons en forme de cœur, de lapin ou de Minnie Mouse (« Nous avons aussi une *bresaola* de cochon noir, nous sommes les seuls à en faire »).

Il faut qu'on voie l'Italie, les mecs : cette machine à remonter le temps déglinguée – on y entre et on y retrouve toujours quelque chose d'hier, l'année 1950, la grand-mère avec sa petite laine, les pâtisseries du dimanche, le terrain pour jouer aux boules, la fête patronale, les miracles, vrais ou supposés. La modernité n'est jamais arrivée, jamais jusqu'au bout. Comme tu parles bien, Nino ! lui disent-ils pour se moquer de lui. Tu pourrais te lancer en politique, ajoute Tommaso, qui participe, quand il peut, aux sit-in du Mouvement Cinq Étoiles. Nino s'enflamme : Arrêtez, avec ça, vous n'avez rien compris, il suffit de trouver les bonnes idées, y compris pour le graphisme, et un montage surprenant. Plutôt que de commenter des jeux vidéo, enfermés dans nos petites chambres, ou de rester assis aux toilettes à lâcher des pets, nous au moins, nous parlerons de quelque chose de vrai. Assaisonné de drôles de visages, oui, bien sûr, de regards de oufs, de conneries, il faut faire rire, oui, mais aussi faire réfléchir. Un truc du genre les extraterrestres qui débarquent sur la planète des *arrosticini*, hasarde Lorenzo : et nous voilà, habillés en *hipsters*, bien peignés, à discuter avec les tantes qui farcissent les sandwiches, comme si on ne parlait pas la même langue, comme si on les voyait pour la première fois. Leur façon de s'essuyer le front du dos de leur main couverte de farine, quand elles pétrissent de la pâte ! L'énergie qu'elles mettent à malaxer encore et encore la *polenta* ! Et puis, la voix mécanique et légèrement stridente des propriétaires de stands de tir… les chants à l'église…

L'OBSCURITÉ TOMBE d'un coup et on entend les premiers pétards, au loin, tandis que la vie ordinaire s'ensable. On est supposé être un lundi, mais à ce stade, la journée a perdu son nom et sa signification, en une lente veillée – les magasins ferment plus tôt, il n'y a aucune anxiété dans l'air, juste la préparation soignée d'une attente. Après la douche, la vapeur des salles de bains, dans les appartements, laisse émerger des êtres humains convaincus d'entretenir, tout compte fait, une relation acceptable avec le temps qui passe : ce soir, leur miroir renvoie une image réconfortante, la grande fête collective n'a pas le même poids qu'un anniversaire à quarante ans passés.

Je les imagine, ils ont les visages de mes élèves, anciens et actuels. Assise au bord de sa baignoire, l'ex-jeune fille passionnée par le théâtre de Sarah Kane s'épile et se transporte par la pensée jusqu'au moment où – demain, vers le lever du jour – en sueur, décoiffée, épuisée d'avoir autant dansé et autant bu, elle se déshabillera pour quelqu'un qu'elle ne connaît pas encore. Autorisé pour la première fois à passer le réveillon dehors, le gamin de quinze ans doué pour les imitations tend le menton d'abord à droite, puis à gauche, devant sa glace, il vérifie la tenue de sa coiffure, la nuit sera très longue et elle promet beaucoup. Et puis, il y a ceux qui partent loin, à la neige ou sur une plage sans hiver ; sous le prétexte d'une semaine de sports d'hiver entre amis, Matteo et Jacopo, élèves en seconde année, ont dissimulé leurs premières vacances en amoureux. Pour eux le premier de l'an sera un début qui ne concerne pas le calendrier des autres, le temps qui passe n'est rien pas même un bruissement.

Et puis oui, il y a ceux qui affichent leur indifférence pour le changement d'année – et parmi eux, il y a moi. Après avoir digéré le Noël dans ma famille, je donne, à ceux qui me demandent où je vais passer la nuit du 31, des réponses toujours différentes ; aucune n'est vraie, et j'y ajoute une phrase caustique sur l'hystérie collective, le divertissement à tout prix – autant de banalités qui trahissent chaque fois la rancœur de l'exclue. Exclue par qui, d'ailleurs ? Il doit être resté quelque chose – la vieille petite cicatrice d'une fête remontant à un siècle, à la fin de l'année scolaire 1966-1967, lorsque j'avais découvert par hasard mon appartenance au cercle restreint de ceux qui n'étaient pas invités. La fête devait avoir lieu en plein air, il était tombé une pluie diluvienne : j'avais éprouvé un plaisir inconnu à scruter le ciel, à m'assurer qu'il restait bas et sombre, heure par heure, à imaginer les robes d'été des filles, et leurs chaussures neuves, trempées comme des soupes.

NINO A PARCOURU en hâte la via Orlando, deux grands garçons noirs l'ont arrêté et l'ont appelé notre frère blanc, pour lui proposer de leur acheter un livre. Il a souri, il a fait semblant d'entendre son portable sonner, excusez-moi, il a désigné l'appareil d'une main. Au coin de la piazza della Repubblica, une vieille blottie au sol lui a tendu les bras en émettant des sons indéchiffrables. Encore quelques pas et, plus près de la gare, une autre vieille – petite, un crucifix d'argent autour du cou, des savates aux pieds – lui a demandé où était la via Merulana. Il a commencé à le lui expliquer, elle l'a interrompu : tu parles trop vite, mon enfant, et puis, comme ça, de but en blanc : je suis une fidèle de Padre Pio. Nino a pensé qu'elle allait lui demander de l'argent, elle aussi, qu'elle faisait partie des innombrables quémandeurs de la ville, où l'on compte aussi des jeunes de vingt ans comme lui, dévoués par la force des choses à quelque cause humanitaire, avec leurs blouses bleues et leur expression sympathique collée sur le visage comme un masque de carnaval. Mais cette femme l'a fixé des yeux et lui a demandé : tu connais Padre Gabriele ? Comme si cela allait de soi. Pour ne pas la décevoir, Nino lui a répondu que oui, bien sûr, et elle a repris : le dernier samedi de chaque mois, il réunit des jeunes pour un après-midi de prière, tu devrais venir, je m'appelle Maria, et toi, tu t'appelles comment ? Nino. Alors je t'attends, Nino, le dernier samedi du mois, je compte sur toi. Nino a acquiescé de la tête, il a souri, il lui a tourné le dos et il a pensé, à mi-chemin entre la compassion et la colère, que ce n'était qu'une pauvre vieille folle. Il a eu à peine le temps d'achever sa réflexion et il s'est retrouvé, sur la piazza dei Cinquecento, devant un grand jeune homme en costume-cravate, chemise rose, et deux femmes d'un certain âge en tailleur, à côté d'un présentoir de petits livres intitulés *Que nous enseigne réellement la Bible ?* Il s'est dit que ce n'était pas son jour. Après les avoir dépassés, il s'est retourné, pour le simple plaisir de voir si quelqu'un était disposé à s'arrêter, et non, pour le moment non, heureusement, personne. Il a lu sur une affiche : *Quelle est la vérité sur Dieu ?* Il s'est répondu à lui-même, avec une grimace : qu'il n'existe pas. Les professions de foi l'irritaient au plus haut point. Il trouvait exaspérants, rien qu'à les regarder, ces visages poupins convaincus, d'une sérénité si affichée qu'elle en devenait obtuse. Ils paraissaient avoir l'intention de te dire, avec leur grand sourire exagéré, qu'il était encore temps pour toi, l'année s'achève, certes, mais la prochaine pourrait aller mieux, elle ira mieux, à coup sûr : si tu te convertis.

LE PETIT DÎNER DU RÉVEILLON, chez lui, s'est réduit à un va-et-vient d'assiettes en plastique rouges, entre colocataires et amis. Les lentilles étaient froides et collantes, le mousseux infect. La plupart des convives se sont jetés sur la salade russe. Nino a parlé tout le temps avec un garçon maigre, au visage gris et d'aspect souffreteux, qui avait l'air de s'y connaître très bien en chaînes YouTube, visualisations, optimisations de tags. Au bout de dix minutes, Nino s'ennuyait déjà ; il a regardé autour de lui et il a capté des bouts de conversations. On est allés deux fois en Grèce, on s'orienterait plutôt vers la Croatie… (des gens qui projetaient déjà leurs vacances d'été)… le vendredi, à trois heures et demie, quatre heures maximum, je quitte mon bureau, quoi qu'il arrive… (dragues légères tournant autour des horaires de travail des deux interlocuteurs)… quand Lamela a marqué son deuxième but, après ceux de Burdisso et Osvaldo, je me suis senti mal… (commentaires sur le dernier match de la Roma avant Noël)… si les matches se terminent bien, ça le met de bonne humeur et il a envie de le faire… (vie sexuelle des petites amies des supporters).

Vers une heure du matin, Nino est entré dans une boîte de nuit bondée ; à l'entrée, il a assisté à une dispute entre les employées du vestiaire et quatre types qui exigeaient de laisser leurs manteaux, alors qu'il n'y avait plus de place. Ils ont dû se contenter de les empiler sur un pouf et de les voir glisser au sol. À trois heures moins le quart, au moment où Nino essayait de retrouver le sien, une jeune fille lui a demandé de l'aider à exhumer sa veste en fourrure. Très mignonne, surexcitée, elle appartenait à la catégorie de celles – parfaites – qui traversent le piazzale Ponte Milvio par groupes de trois ou quatre, en milieu d'après-midi. Il a regardé ses jambes et ses fesses, pendant qu'elle était occupée à fouiller parmi les vêtements, il l'a réconfortée : tu la retrouveras, tôt ou tard, en attendant je te prête la mienne, si tu veux ; elle a eu un sourire malicieux et reconnaissant. Je vais fumer une cigarette et je reviens, a-t-elle dit. Nino a saisi la balle au bond : je t'accompagne. Tu vas avoir froid, comme ça, en chemise. Penses-tu, a-t-il répondu, et il s'est retrouvé dehors avec elle, sous le ciel glacial et brumeux du premier de l'an, par une température proche de zéro. Tu claques des dents, lui a-t-elle fait remarquer en riant. Nino s'est vanté, par jeu, tout en se frottant les mains : Non, je pourrais tenir encore des heures, on voit que tu ne me connais pas. Elle a aspiré profondément une dernière bouffée, sans l'écouter. Allez, rentrons, il faut que je fasse pipi, c'est peut-être à cause du froid, viens avec moi, a-t-elle dit tout en le prenant par la main. Elle l'a fait entrer avec elle aux toilettes, personne ne leur a adressé de regards désapprobateurs, elle a baissé ses bas et tout le reste d'un même geste, rapide. Nino a entrevu son pubis glabre, avant que la robe ne retombe dessus. Ça a été bref, et plat. Ils ont échangé leurs numéros, sans trop de conviction, elle a retrouvé sa veste en fourrure et elle a embrassé Nino sur la joue.

De retour chez lui, il a pensé à Teresa. Il aurait voulu savoir où elle avait été, et avec qui, ces dernières heures. Il a essayé de se l'imaginer, mais il s'est fourvoyé. Non, aucune fête, et non, aucune minijupe. Elle avait un gros pull-over blanc, un jean sombre, les cheveux attachés – et chez ses parents, à Terracina, beaucoup de points communs avec elle-même à l'âge de treize ans. À l'époque où elle éprouvait, en allant se coucher – encore quelques pétards, dehors, dans la nuit froide –, un étrange plaisir : les draps bien propres, un calendrier intact au mur, et la conviction que l'année nouvelle marquerait le début d'un temps vraiment nouveau. Elle l'a pensé aussi ce soir, avec presque autant d'intensité, un désir plus fort, et une pointe de colère : parce que oui, ce serait beau, un recommencement, un autre départ, entrer à partir de demain dans un monde qui a oublié le pire, qui a tout oublié, pur, sans scories, sans ombres. Enfant, elle imaginait d'immenses bouches d'eau activées sur le toit du monde, les rues, les places, les trottoirs auraient été lustrés en une demi-heure, et les voitures non plus, garées dehors, il n'aurait pas été nécessaire de les envoyer au lavage, comme le faisait son père tous les samedis matin, et les éboueurs auraient pu partir tous à la retraite, car la peau de la planète aurait été débarrassée d'un seul coup de toute sa saleté. Teresa serait prête à tout donner, maintenant, pour retirer de sa peau à elle le peu qui lui suffirait à se sentir plus libre, et aussi meilleure, telle qu'on souhaite l'année qui commence.

LE MATIN DU PREMIER DE L'AN, il est tombé une pluie fine, agaçante. J'ai pris mon parapluie et j'ai descendu le chien, l'asphalte de la via del Valco di San Paolo était couvert de pétards et de préservatifs usagés. Il en apparaît toute l'année, le week-end, comme des escargots après la pluie : c'est l'endroit idéal pour se garer, juste derrière l'université, et pour faire l'amour – la bonne dose d'obscurité, et pas trop de passage. J'ai souri en pensant à ces petites voitures qui cahotent, surchauffées et vivantes, à tous ceux qui se sont à moitié déshabillés, et à grand-peine, sur les sièges, sans anxiété, sans remords, sans la rage rebelle qui a été la mienne, ou la nôtre ; en imaginant ceux qui ont joui, exploré ce qui pouvait l'être, et qui dorment maintenant comme des bienheureux, à midi passé. Les mères qui ne font plus l'amour s'occupent de la sauce tomate, pendant que, sur Rai 1, le pape dit, avec son accent allemand : en ce premier chour de l'année 2013, temantons à la Très Sainte Fierge Marie mère de Dieu de nous pénir comme une maman pénit ses enfants qui doifent partir en foyache, le noufel an est comme un foyache.

Sur ces entrefaites, le ciel s'est dégagé, le soleil est apparu, et oui, les mères préparent la sauce tomate et bénissent leurs enfants qui partent en voyage, et elles ressentent moins de la peine qu'une légère envie – eux qui marchent d'un pas rapide sur n'importe quelle piste, sur n'importe quelle route, qui n'ont ni liens ni corde au cou, leurs parents effacés, sans grandes convictions, les laissent faire, les laissent partir. Ces enfants n'ont pas grand-chose à conquérir, ils n'attendent pas leurs dix-huit ans, ils n'attendent rien, ils sont déjà libres : ni Dieu, ni Almirante, ni les fascistes, ni les amis des multinationales, ni le *Corriere della Sera* ne sont là, pour qu'ils puissent se rebeller contre eux et prendre position, il n'y a aucun visage à l'œil torve à défier. Juste un visage distrait, absent, résigné. J'ai beau me dire que c'est mieux ainsi, je les défie, en cours, je vais chercher en eux des signes de l'ancien monde – le mien. Qu'est-ce que c'est que la culpabilité, pour vous ? Ça vous arrive, de vous sentir coupables ? Jamais. Et l'innocence ? Pour eux, c'est une question de casier judiciaire.

Qu'est-ce qu'ils en savent, de mon état d'esprit au moment de rentrer chez moi, un dimanche après-midi d'avril ou mai 1969, plus tard que l'acceptable, en essayant par tous les moyens de dissimuler, comme des traces de cigarette, les signes que je venais de perdre ma virginité ? Mal, trop vite, et sans amour. Une fête pour le diplôme d'étudiants plus âgés, dans une maison en bord de mer dont les pièces, au fil des heures, se transformaient en refuges pour couples trop jeunes – la pénétration ressemblait à une visite chez le gynécologue. J'ai mangé l'estomac noué et la tête basse, terrorisée à l'idée que, d'un moment à l'autre, mon père me montre du doigt et se mette à vociférer en me reprochant mon effronterie. Ma mère allait à l'église, lui non, mais ça n'avait rien à voir avec le sixième commandement, c'était une affaire de Morale – une chape étouffante et sombre qui nous tombait dessus, ma sœur et moi, même pour un changement de coiffure. Mon père n'accordait de dérogations qu'à sa propre personne : les cigarettes, les paris et – nous l'avons appris par hasard, quand la démence sénile s'est emparée de lui – les prostituées.

LE LUNDI 7 JANVIER, comme prévu, Nino s'est approché d'elle par surprise, dans son dos, et lui a enroulé l'écharpe autour du cou en lui disant : tous mes vœux. Elle a souri, il a poussé un soupir de soulagement. Je devrais te dire qu'il ne fallait pas, a déclaré Teresa, mais je ne te le dirai pas, parce que j'aime bien les cadeaux. Difficile d'aimer une écharpe, mais ça peut tenir chaud. Quoi qu'il en soit, a ajouté Nino en fouillant dans son sac gris, j'ai aussi autre chose. Tu as déjà lu ce livre ? Et il a sorti un exemplaire du *Tour du monde en quatre-vingts jours.* Il est à moi, je n'en suis pas encore arrivé à la fin, mais je voudrais qu'il t'appartienne. Teresa l'a feuilleté un peu, un passage lui a sauté aux yeux – Bien au contraire. Cette tempête lui plaisait. Elle a dit : merci, il semblerait que ce soit un livre tout à fait pour moi. Ils sont allés dans un café, Teresa m'a envoyé un message : il fait froid, préviens-moi quand tu seras prête.

Nino lui a parlé de ses difficultés comme professeur d'art dramatique. Ils ont ri, le *prosecco* les a mis de bonne humeur. Surtout, je ne m'attendais pas à ce que mes élèves me fassent la morale, à l'improviste, et sur un ton dur, lui a-t-il expliqué. La morale sur quoi ? La morale sur tout. Et puis quand même, je suis là à leur apprendre quelque chose, ou du moins à essayer, quelque chose que je connais mieux qu'eux – une intonation, un geste, un mouvement –, et eux, ils me prennent pour un petit-fils débile à qui il faudrait secouer les puces et enseigner les bonnes manières ! Pourquoi, qu'est-ce qu'ils t'ont dit ? a demandé Teresa. Rien, des bêtises, a répondu Nino – mais c'est la *manière*. Tiens, a-t-il ajouté, le sympathique M. Giancarlo a essayé de me prendre en défaut, je ne savais pas qui était Salvo Randone, tu le sais, toi ? Non, mais les vieux ont ça de bien – ils savent qui était Salvo Randone. Tant qu'ils sont vivants, ils maintiennent en vie quelque chose qui n'est déjà plus là, ou qui va bientôt mourir. Y compris les agences de voyages. Oui, d'accord, mais après, il s'est lancé dans un prêchi-prêcha sur les jeunes gens de vingt ans qui ne savent rien, qui ne s'intéressent à rien, et il s'est mis à parler politique. Quel rapport ? a demandé Teresa. Voilà, merci, j'ai dit pareil : quel rapport. Mais le très sympathique M. Giancarlo a sorti de son chapeau, comme si de rien n'était, les mots « classe ouvrière », et un petit article qu'il avait publié dans une revue du même nom en 1965, sur l'unification de la classe et du parti (j'avais ton âge, a-t-il dit), et les trains de nuit, les manifestations dans la rue, la mort de Raniero Panzieri, l'année d'avant (Raniero qui ?). Et cætera. Il m'a demandé ce que je pensais de la situation du gouvernement, je lui ai répondu : je ne suis pas beaucoup l'actualité politique. Et lui ? Lui a répondu que j'avais tout à fait tort. Je suis d'accord, a rétorqué Teresa avec un sourire que Nino n'a pas su interpréter et qui l'a mis mal à l'aise. Que fallait-il y voir ? De l'ironie, bien sûr. Mais de la bonne ou de la mauvaise ? Il aurait voulu le lui demander, il ne l'a pas fait. Il avait du mal à croire que son interlocutrice militait dans un parti. Pouvait-il le lui demander ? Il a gardé un silence assez long pour qu'elle précise d'elle-même sa pensée : ne va pas croire que je sois du genre à monter sur les barricades, pas du tout, au lycée, je n'allais même pas aux assemblées, je les considérais comme une perte de temps, tous ces gens qui se prenaient tellement au sérieux sans avoir la moindre idée claire, sans avoir la moindre idée tout court, eh bien n'empêche, quand j'entends quelqu'un dire « je ne m'occupe pas de politique », ça me fout en rogne. Une phrase de ce genre signifie ceci : le monde est ce qu'il est, qui suis-je donc pour le remettre en question ? Voilà, cette façon de raisonner me fout en rogne. Elle avait dit deux fois *me fout en rogne*. Non pas que la chose ait eu de l'importance en soi, mais le ton brusque dont elle avait prononcé ces mots, presque en tapant du poing sur la table – tout doucement, certes, avec élégance –, avait frappé Nino. Pourquoi est-ce que ça te fout en rogne ? a-t-il demandé en baissant un peu la voix, presque inquiet à l'idée qu'elle puisse soudain élever la sienne. Teresa lui a répondu avec calme, après s'être remis une mèche de cheveux derrière l'oreille d'un geste de l'index – lui était littéralement fasciné –, puis elle a enchaîné les questions : à qui les posait-elle ? Elles rebondissaient d'un mur à l'autre du café, Nino en saisissait une, il avait à peine le temps de formuler un début de réponse, et voilà qu'une nouvelle question arrivait. Qu'est-ce qu'ils attendent des autres, ceux qui prétendent « ne pas s'occuper de politique » ? Est-ce qu'ils ont le droit d'en attendre quelque chose ? Est-ce que l'engagement politique ne devrait pas concerner tous les gens qui ne sont plus des enfants ? Je ne sais pas, aurait voulu dire Nino, je ne sais pas, Teresa, tu m'embrouilles les idées, et puis tu es si belle ce soir, je ne sais vraiment pas quoi répondre. Il a balbutié un oui, un mais, de nouveau un oui, comme aux interros orales à l'école, quelques années plus tôt, quand il n'avait pas ouvert le moindre livre. Il s'en est sorti en disant : c'est un problème compliqué, tandis que Teresa se levait pour aller payer, il l'a attrapée par le bras et puis, sans réfléchir, il lui a demandé si ça pouvait l'intéresser, dimanche en huit, d'aller à la kermesse de la *bruschetta* de Casaprota. Elle a éclaté de rire, il lui a expliqué son projet sur les fêtes de village italiennes pour une chaîne YouTube, elle a fait la même grimace qu'en face de quelque chose d'incompréhensible, ou de tout simplement stupide, et elle lui a demandé : pour quoi faire ? Pour manger des *bruschette*. Et d'abord c'est où, Casaprota ? Je ne sais pas trop bien, à une soixantaine de kilomètres de Rome par l'autoroute, une petite heure de voiture. Il s'est empressé de préciser qu'ils ne seraient pas seuls, qu'il y aurait aussi deux amis à lui, voire trois, on devrait tenir, à cinq, dans la Panda de ma mère.

NINO EST RENTRÉ CHEZ LUI avec un léger regret : ne pas l'avoir invitée à dîner. Au point où ils en étaient, autant aurait valu s'arrêter quelque part, prendre une pizza, un hamburger. Dans le quartier d'Ostiense, de nouveaux restaurants apparaissent du jour au lendemain, tous plus ou moins identiques, avec leurs grandes baies vitrées, leurs carreaux blancs aux murs, on dirait New York, même si je n'y suis jamais allé, lui aurait-il dit, et il lui aurait dit aussi que les alentours du vieux port fluvial lui plaisent beaucoup, les pistes cyclables, en bas, sur la grève, il y a là quelque chose d'encore sauvage, de naturel, le Gazomètre à l'heure du crépuscule, les tags qui recouvrent de couleurs vives de vieux immeubles en ruine squattés. Il avait envie de lui parler de lui. Non, sans se mettre en avant, comme il le faisait avec un autre genre de filles – la plupart de celles de son âge. Il suffisait de dire, pour les conquérir, qu'un jour il avait bavardé avec Nanni Moretti et qu'il avait obtenu un petit rôle dans un film de Carlo Verdone. Ce n'était qu'à moitié vrai : la scène où il apparaissait – un client dans un bar du Trastevere – avait été coupée au montage. À elle, il lui aurait parlé de lui d'une autre manière. En toute sincérité, voilà. Il lui aurait expliqué qu'il n'avait pas le plus petit souvenir de sa vie consciente où il n'avait pas introduit un peu de théâtre. En qualité d'acteur, d'imitateur, de prestidigitateur, d'obsédé des déguisements – un rien suffisait : un torchon ou un châle sur la tête, et il se mettait à courir dans le jardin, les soirs d'été, jusqu'à la tombée de la nuit, il jouait pour lui-même des scénarios héroïques, improvisés. Pour le carnaval, il avait été entre autres, si sa mémoire ne le trompait pas, une abeille, un radiateur, et bien entendu un clown, coiffé d'une perruque aux boucles rouges. Une fois, à une fête de Halloween, il s'était mis un masque de *Scream* et deux petits ballons sous son pull, en guise de tétons : il était parvenu à se faire passer pour Valentina Filipponi auprès de quelques camarades de classe. Non, cette anecdote-là, il ne la lui aurait peut-être pas racontée ; mais il pouvait, s'il voulait, remonter encore plus loin, et susciter chez elle une tendresse bien opportune pour un gamin de huit ans qui organisait à l'école – durant le court laps de temps de la récréation – des expositions de chiens et de chats avec des animaux en peluche. Il était aussi président du jury, il faisait toujours gagner Alessandra Misetti. Et puis, pourquoi ne pas parler des concours de chant ? Ils étaient agrémentés de beaux décors (les craies colorées permettaient de transformer le tableau noir en arrière-plan), et d'un jingle qu'il avait inventé, vraiment terrible, quelque chose du genre *do-ré-mi-fa-sol-la-si-do | canzonissimi*, un mot privé de sens qui estropiait le titre d'une ancienne et glorieuse émission de télé en noir et blanc. Bref, il y en avait, des choses à raconter ! *Le Malade imaginaire* et *Le Marchand de Venise* préparés jusque dans les moindres détails pour un public composé de membres de la famille, il les obligeait à s'asseoir, à attendre, il entrait sur scène, il percevait dans leurs regards des éclairs d'impatience, il ne se laissait pas décourager pour autant. Sans parler du mémorable spectacle de fin d'année, en quatrième, le prodigieux *Classe de Quatrième Show* ! Quelle époque. Bien peigné, vêtu d'une absurde veste croisée, il jouait les présentateurs sérieux, posés, il assurait le lien entre des numéros mal assortis. Les imitations de Pietrocola, plus ou moins capable de singer les hommes politiques. Des blagues pathétiques, sans courage. Enfin, cerise sur le gâteau, les bals : en coulisses, il y avait tout un va-et-vient, un froufroutement d'habits changés à toute vitesse, une mauvaise odeur de transpiration. Mais c'était justement ça le plus beau, messieurs ! Cette frénésie. Cette tension. Simona Pergola entrevue sans soutien-gorge. Et puis, les applaudissements, quand ils arrivaient, le crépitement d'un déluge de pluie humain, une libération. Il lui aurait tout raconté. Il aurait attendu ses questions.

IL M'A APPELÉE à une heure insolite d'un jour insolite, un samedi soir, pendant que je regardais à la télé – écœurée, émue – des chanteurs enfants s'exhiber dans des poses trop adultes, feindre des souffrances en prononçant des textes qu'ils ne comprennent pas, qu'ils ne peuvent pas comprendre. Et surtout, j'observais leurs parents : les cadrages ont pour seul but de montrer leurs yeux brillants de larmes, ils ont le cœur gonflé d'illusions. Sur une centaine de ces gamins de onze ans concentrés dans leurs attitudes de rockstars, un seul, peut-être, deviendra quelqu'un. Et ces grandes perches de gamines qui pleurent presque à la fin d'*Almeno tu nell'universo,* sans jamais avoir été amoureuses ? Ce qu'elles peuvent être attendrissantes ! J'ai demandé à Nino pourquoi il n'était pas sorti : qu'est-ce que tu fais chez toi, un samedi soir ? Tu as de la fièvre ? Il n'a pas saisi la fine allusion, il est allé droit au but. La distribution des rôles me donne beaucoup de mal, a-t-il dit, je ne sais pas, j'ai l'impression de ne plus rien comprendre, ça fait une heure et demie que j'ai sous les yeux une feuille avec, d'un côté, les noms des élèves, et, de l'autre, la liste des personnages, je retourne la question dans tous les sens, rien à faire. Quel est le problème ? ai-je demandé. Si seulement il n'y en avait qu'un, a-t-il répondu. Et pour la première fois depuis toujours, oui, peut-être, je l'ai senti découragé. Le texte est sans doute mal choisi, il aurait fallu chercher quelque chose de mieux adapté à un groupe de vieux, Grazia. Il a prononcé mon prénom comme un reproche. Mais si on remplace *Les Fausses Confidences* par une autre pièce, a-t-il poursuivi, on donnera l'impression d'être un cours pas sérieux. À ce moment-là, je lui ai dit que j'étais d'accord, qu'il devait trouver une solution coûte que coûte. J'ai essayé de comprendre où était la difficulté, s'il avait plus d'acteurs que de rôles, ou bien quoi. Non, a-t-il répondu, c'est que tout me semble un peu ridicule. Et depuis quand est-ce que quelqu'un comme toi craint le ridicule ? J'ai essayé de lui remonter le moral, d'un ton affectueux : écoute, lui ai-je dit, tu n'as aucune raison de t'inquiéter autant. Ils veulent juste s'amuser. S'il n'y a pas assez de rôles pour tout le monde, inventes-en, ou sers-toi des trois quatre élèves les plus mauvais comme décor. Je l'ai souvent fait, je le fais encore. N'aie pas peur, Nino, n'exagère pas ton anxiété. Ce spectacle ne sera pas présenté au Piccolo Teatro de Milan ! Il aura pour spectateurs des parents, des amis, des petits-enfants, ils riront un bon coup, et point final. Toujours est-il que M. Giancarlo ne lui paraissait pas convenir, pour le rôle de Dorante, il s'en sortait mieux que plusieurs de ses camarades, certes, mais il manquait d'ironie. Et Araminte ? Ce ne pouvait être que Mme Perrotta, seulement... Comment faire comprendre au public que les personnages de Marivaux sont jeunes ? En travaillant sur les costumes ? En chaussant M. Giancarlo d'une paire de baskets ? En actualisant ? Non, non et non, lui ai-je répondu : c'est précisément ce choix de confier des rôles de jeunes gens à des personnes âgées qui sera intéressant, et de toute façon n'oublie pas – voilà que j'étais prête à lui faire la leçon – que Marivaux a justement relevé l'âge moyen de ses personnages, quand il a écrit *Les Fausses Confidences*... pour la seule et unique raison que les comédiens de sa troupe avaient vieilli... ses acteurs de toujours étaient en piteux état, celui qui avait l'habitude d'interpréter Arlequin était à l'agonie. Ce détail me semble intéressant, a déclaré Nino sur un ton très sérieux, mais en l'occurrence, il y aurait trop de sophistication à le suggérer au spectateur, ce serait un parti pris de mise en scène très risqué, nous ne pouvons pas nous le permettre. Et donc ? Donc rien, M. Giancarlo sera Dorante, Mme Perrotta sera Araminte, ils se tireront d'affaire par la légèreté, en restant les premiers conscients qu'ils prêtent leurs corps à des hommes et des femmes qui ont la moitié, voire moins de la moitié de leur âge. Nino a protesté : je n'ai toujours pas les idées claires, plus je lis le texte, moins j'arrive à imaginer M. Giancarlo jouer le soupirant d'Araminte, alias Laura Perrotta, et prononcer des répliques du style : Hélas ! Madame, elle ne sait pas seulement que je l'adore. Excusez l'emportement du terme dont je me sers. Je ne saurais presque parler d'elle qu'avec transport.

Nino, mais qu'est-ce qui te prend ? Pourquoi toutes ces angoisses ? Jouer la comédie, on ne leur demande rien d'autre que de jouer la comédie. On a l'impression que tu découvres seulement maintenant ce que ça signifie. Retirer le masque de tous les jours, en mettre un autre. M. Giancarlo, né à Rome en 1942, ne sera jamais un trentenaire français du milieu du XVIIIe siècle, et il ne doit d'ailleurs pas l'être : il doit jouer la comédie, ni plus ni moins.

PENDANT LE VOYAGE DE RETOUR, après la fête de la *bruschetta*, vous avez beaucoup parlé. Comme jamais auparavant, peut-être, sans la distance de sécurité, sans l'ironie derrière laquelle vous vous étiez cachés. Nino avait trop bu pour conduire, il a laissé Tommaso prendre le volant. Il est monté derrière et, coincé entre Teresa et sa copine, il s'est mis à parler de Londres : cette ville me manque un peu, le chaos de Covent Garden, celui, presque insupportable certains jours, de Leicester Square. Le mouvement de la foule : il te rend, à la fois, moins et tout à fait seul. Et puis oui, à y repenser, il a le sentiment d'y avoir passé une éternité, alors qu'il n'y est resté qu'un an. Il s'était déguisé une semaine entière en Sherlock Holmes, pipe incluse, il adressait des clins d'œil aux passants depuis la vitrine de Ripley's, le musée des bizarreries de Piccadilly. Il avait passé un entretien d'embauche pour être pris chez Hamleys, l'immense temple du jouet de Regent Street. Dans cette éternelle confusion de Noël, il y aurait eu de quoi s'égosiller, faire voler des petits drones, se déguiser en pirate, dessiner dans un coin avec des enfants surexcités. Même plus le temps d'inviter Kate Middleton à dîner. Et puis, tu as sans arrêt la sensation qu'il existe une autre possibilité, que quelque chose peut se produire, si tu ne passes pas la matinée à paresser chez toi, tu enfiles un imperméable, tu sors, et Londres est là, vaste et nouvelle chaque jour, sûre d'elle, peut-être pas généreuse, pas tout de suite, mais optimiste, riche en occasions. La copine de Teresa l'a interrompu brusquement : pourquoi tu es revenu, alors ? Il est resté muet, comme désorienté, pris à l'improviste, et alors – sans raison – il s'est confié : non, a-t-il dit, je ne me suis pas enfui, je serais resté plus longtemps, mais il y avait, d'un côté, une histoire qui n'allait plus, et, de l'autre, une proposition de donner un cours d'art dramatique à Rome, voilà, et les deux réunis... Un peu de nostalgie, aussi. Non, pas de mon chez-moi, pas vraiment. L'italien commençait à me manquer, plus que l'Italie. Et les bars de Rome. La musique de petites cuillers, et chaque client qui demande un café différent. Nino est certain d'avoir croisé le regard de Teresa, au moment où il prononçait ces mots – et elle lui a semblé complice, et douce. En tout cas, à ce moment-là, elle s'est elle aussi confiée : pour moi, un voyage est toujours une source d'inquiétude, de bouleversement, a-t-elle dit, et je sais que c'est risible. Je regarde les horloges, sur le mur de l'agence, je les regarde souvent : Pékin, New York, Los Angeles, Paris, Sydney... je ressens une sorte de vertige, toujours, un éclair d'anxiété, je voudrais être partout, ne rien perdre, mais à la seule pensée de partir, je m'agite, mes peurs m'envahissent la tête, et elles sont stupides, elles sont terribles, les attentats, les accidents d'avion, oui, mais aussi, surtout, quelque chose de vague, de menaçant, quelque chose qui, si je m'écoutais, me clouerait dans la salle d'attente de l'aéroport – cet espace intermédiaire si rassurant, identique sous toutes les latitudes, jamais chaotique, sale ou brutal, contrairement aux gares, avec ses magasins de luxe, les bonnes odeurs qui émanent des parfumeries, les annonces, les gens qui courent pour ne pas rater leur avion…

À l'arrière, les vitres sont couvertes de buée ; quand ils arrivent à la hauteur de Settebagni, Tommaso éclate de rire, vous êtes là à parler de Sydney et nous sommes à Settebagni, la copine de Teresa dit : le monde est ce qu'il est, il y a Sydney mais il y a aussi Settebagni, et rien ne prouve que Sydney soutienne la comparaison… Nous sommes tous en province par rapport à quelque chose. Ils rient. Même Casaprota a sa raison d'être, ajoute Nino : on s'est bien amusés, à cette fête, et la *bruschetta* était vraiment bonne, excellente… l'huile de Sabina sur le pain chaud… la musique, les accordéons, la fanfare de Guidonia… les conneries à l'eau et à la farine, les saucisses aux truffes… la célèbre *coppa*… et cette impérissable province italienne… la coopérative qui offre des conserves… les napperons brodés à la main… les savonnettes à froid pour Noël… la *mortadellina* de Campotosto… La partie la plus réussie de la vidéo, c'est celle où notre ami de Poggio Bustone fabrique des ustensiles de cuisine en bois… quand il a parlé de l'utilité des pilons à sel d'autrefois… nous autres, les marchands ambulants, on est des chiens perdus, si on trouve un os décharné, on le prend quand même, allez… les assiettes spéciales pour la polenta, en hêtre, un bois qui n'absorbe rien… le président de l'association Pro Loco, quand il a dit :

j'observe une forte augmentation de la participation, en dépit du temps maussade, nous apportons du soleil, avec nos *bruschette*... Pino et Rino à la cuisine... quatre-vingts kilos de pain... Ivana qui frotte l'ail, Piera qui se définit comme la doyenne et qui prépare son grand classique, la *bruschetta* au Nutella...

On peut savoir pourquoi vous vous moquez de tous ces gens ? s'est écriée Teresa. Je n'arrive vraiment pas à vous comprendre, a-t-elle ajouté. On se moque gentiment, a répondu Tommaso. Gentiment ou pas, qu'est-ce que ça signifie ? Nino n'a pas répondu, l'épithète *lourde* lui est venue à l'esprit, ce que tu peux être lourde, parfois, il a failli le dire, il s'est retenu. Il a pensé qu'au fond, tout s'était si bien passé, que ç'avait été une très belle journée, que peut-être, entre elle et lui, la distance avait enfin un peu diminué, qu'ils faisaient connaissance, que c'était magnifique, mais qu'elle avait par ailleurs des réflexions d'une telle dureté qu'il en était mal à l'aise, en colère.

Le lendemain – lundi, cours de théâtre – il était resté à l'intérieur le plus longtemps possible, pour l'éviter. Il n'était pas seulement perplexe – à propos d'elle, de son caractère qui n'autorisait aucune certitude : il était vexé, aussi. Il la trouvait agaçante, à être toujours prête à porter des jugements. D'où lui venaient-ils ? de quelle expérience supérieure du monde ? Elle était *bizarre*. Elle était compliquée. Et malgré tout, Nino n'arrivait pas à éloigner sa pensée d'elle.

J'AI RÉUNI LES ÉLÈVES de première et de deuxième année, les enseignants et une dizaine d'amis, pour une leçon spéciale. J'étais parvenue à inviter un grand acteur de théâtre, après lui avoir fait la cour pendant des mois. La plupart des gens le connaissaient à cause de quelques téléfilms, mais il avait surtout joué des classiques très sérieux pendant des décennies. La tragédie grecque, Shakespeare, Pirandello. J'ai préparé les questions avec un soin excessif. Elles n'ont servi à rien. Le grand acteur est entré, il m'a demandé à l'oreille de lui faire apporter du vin rouge à la table, dans un verre sombre. Pendant que je le présentais à l'assistance, il a posé sur moi un regard d'ennui, il a souri – un éclair acide – et il m'a interrompue. En accompagnant ses propos d'un mouvement nonchalant de la main droite – des demi-cercles tracés dans l'air –, un cigare dans la main gauche, il s'est mis à parler d'imagination et de désintégration du Moi, de gestes, de la tension dont ils doivent être chargés, de séduction, de la lueur de vérité qui étincelle dans la fiction. Un discours de haut niveau, noble, interrompu de temps à autre par un suis-je clair ? prononcé sur un ton sévère, agacé, la main qui tenait le cigare passait sur son front, signe d'une lassitude ancienne ou perpétuelle, le talent en tant que tel est stérile, a-t-il continué, il faut le mettre au service du texte, et sur ces mots il haussait le ton, il devenait de plus en plus rhétorique, de plus en plus emphatique, le théâtre est une expérience extraordinaire liée à la vie, il est la vie, il est une rencontre, a-t-il répété en reniflant, l'occasion symbolique, la métaphore doivent être de la vie. Il a parlé pendant quarante minutes, et au moment des applaudissements – raides, sans enthousiasme – le grand acteur a de nouveau approché la bouche de mon oreille pour me dire qu'il préférait éviter les questions. Point final : il s'est levé, il a joint les mains en un salut bouddhiste, il a fait oui de la tête deux ou trois fois, il a tourné le dos, il est parti.

Une belle conférence, n'est-ce pas ? ai-je demandé devant les petits canapés du vin d'honneur dont l'invité principal était absent. Certains ont fait un geste vague, tout en mâchant des *taralli*. Nino a été le seul à répondre : non, une conférence inutile. Je le pensais aussi, mais je ne le lui ai pas dit. Il a poursuivi : il parle beaucoup de vie, la vie ici-bas et la vie dans l'au-delà ; et la sienne, dans tout ça ? Il a été avare d'explications, aride. Il a fait son numéro, ni plus ni moins. Il a répété vingt fois le mot rencontre ; on aurait dû lui dire : et là, en ce moment, tu as l'impression que c'en est une ? Il a été décevant. J'espère ne jamais devenir comme lui.

En rentrant chez moi, j'ai beaucoup repensé aux paroles de Nino. J'en suis venue à me demander quelle relation existait entre le grand acteur d'aujourd'hui et le gamin qu'il avait été, entre son détachement glacial d'aujourd'hui et ses ambitions tumultueuses d'hier, entre son indifférence de maintenant et sa passion de jadis, entre son ennui, son désenchantement, et son cœur quand il tremblait.

Quand est-ce que nous sommes devenus des connards ? Comment avons-nous fait pour ne pas nous en rendre compte ? Quelque chose survit – le talent, qui devient du métier : plus raffiné, plus désinvolte. Mais la stupeur ? Et l'attention sincère, profonde, qui nous tenait collés aux choses pendant des heures, aux découvertes de la vie intellectuelle, aux paroles des inconnus, un peu à tout. Il reste une sorte de petite coquille de noix, au centre de nous-mêmes, où le meilleur dont nous sommes capables est en lieu sûr. C'est notre partie la plus vivante et la plus humaine. Pendant que le reste s'effondre dans l'incurie et la dégradation – les principes, l'honnêteté, notre propre corps –, quelque chose dégage encore, là-bas, de la chaleur. Mais ce n'est pas assez. Nous ne brillons plus. De loin, certains prennent pour une véritable lumière le néon froid et stérile du savoir-faire.

LE DIMANCHE QUI A SUIVI celui de Casaprota, Nino s'est réveillé de mauvaise humeur. S'il est une chose qu'il déteste, c'est mettre des habits de cérémonie pour une cérémonie. Ce matin, il est obligé : le baptême du fils de sa cousine. Il a décidé de ne pas porter de cravate, il en discute avec sa mère quand il passe la chercher en voiture. Il avait envie d'envoyer un message à Teresa, de lui dire qu'il serait dans son quartier, qu'il prendrait volontiers un café avec elle, mais que s'esquiver d'une réunion familiale n'est pas une entreprise facile. Et puis, tu me verrais en costume-cravate, tu pourrais en être éblouie. Pour finir, il a laissé tomber.

Depuis quand n'avait-il pas mis les pieds dans une église ? Un mariage d'amis, deux ans plus tôt, qu'il jugeait, si ce n'est prématuré, du moins hâtif. Il l'était. Se retrouver dans une église le rend nerveux : on se lève, on s'assied, on se relève, on se rassied, et ainsi de suite (il doit suivre les mouvements des autres), et puis, les chants, ces cantilènes qui l'insupportent, les prières. Les sermons : il y entend toujours des paroles creuses, sans fondement, incohérentes. Au fil du temps, il a développé une haine démesurée pour les prêtres : le hideux embonpoint de son professeur de religion, au collège, avait suffi – le prof entrait dans la salle, Nino en sortait, juste à temps pour l'effleurer et lui lancer un regard de mépris. À vrai dire, il n'aime pas non plus les églises : il ne se permettrait pas d'en contester à voix haute la valeur artistique, et pourtant, il leur trouve toujours un je-ne-sais-quoi d'oppressant. Il a l'impression que là-dedans, le monde est resté plus immobile qu'ailleurs, durant des décennies, des siècles. Tout le gêne : l'odeur poussiéreuse et fraîche qui apporte un soulagement, au cœur de l'été, l'encens, la fumée des cierges, l'haleine des fidèles transis de froid, la nuit de Noël, le tintement des pièces de monnaie, au moment de l'offertoire, les fausses bougies, le son de l'orgue, plat et prolongé comme une alarme. Même l'art sacré ne l'attire pas beaucoup. Il se sent épié par cette multitude d'yeux - ceux de la Vierge, ceux du Christ, ceux de certains saints qu'il ne connaît pas, tandis que le ciel s'obscurcit au-dessus de la croix et qu'un ange, sur la gauche, se retourne comme si on l'avait appelé par son nom. Le grincement des vieilles portes en bois massives - dans les églises de Rome - annonce toujours l'entrée d'un groupe de touristes, des Japonais, des Américains, des gens qui remontent leurs lunettes de soleil sur leur front pour n'opposer aucun filtre à la beauté et qui ensuite, en s'asseyant, font craqueter les bancs. Il ne faut jamais s'imaginer que Dieu est absent, dit le prêtre vêtu de sa tunique verte ordinaire, d'une voix basse et rauque qu'il s'éclaircit sans arrêt, Dieu n'est pas absent. Nino sourit ; d'un geste de l'index, il essaie de desserrer le col de sa chemise (en fin de compte, sa mère a réussi à lui imposer le port de la cravate) ; il se retourne au énième grincement, par impatience, pour regarder autour de lui ; ce ne sont pas des touristes, une jeune femme est entrée, elle est mignonne, elle appartient à la catégorie de celles qui le font se retourner dans la rue, en toutes circonstances, elle a des cheveux lisses, châtains, une silhouette sportive, un aspect soigné, c'est une jeune femme comme Teresa, elle s'assied au fond, sur le dernier banc. Nino continue à l'épier du coin de l'œil : qu'est-ce qu'une jeune femme comme elle peut bien faire dans une église ? Elle se recueille et elle prie, on dirait Teresa - mais non, *c'est* Teresa –, elle reste là deux ou trois minutes, lui ne veut pas la perdre de vue, il se retourne à nouveau - au moment précis où elle se lève, ramasse son sac posé par terre et fait le signe de croix. C'est Teresa. C'est Teresa. C'est Teresa.

Ça oui, ça semble irréel, plus que le corps du Christ ressuscité sur la fresque de la nef centrale, déjà bien haut au-dessus de la terre – les gardiens du sépulcre dorment encore, la lumière du salut ne les a pas réveillés. C'est quelque chose d'irréel et d'insensé, comme s'il s'était mis à pleuvoir sur un espace couvert, comme si le prêtre à la voix rauque avait commencé à resplendir à la manière d'un ange. C'était Teresa, elle était dans cette église – et elle priait.

POUR COMMENCER, il a réexaminé les photographies d'elle sur son profil Facebook, toutes, une par une, à la recherche de signes. Il les avait déjà regardées à la va-vite, juste après avoir fait sa connaissance, uniquement pour s'assurer qu'elle ne s'y montrait pas dans des attitudes sans équivoque envers tel ou tel jeune homme. Teresa qui mange une glace en compagnie de trois ou quatre amis. Teresa à une fête d'anniversaire. Teresa dans une pizzeria. Teresa en robe courte, noire. Teresa à côté d'une amie : elle porte un T-shirt blanc très décolleté, on voit bien le haut de sa poitrine, un crucifix pend à la chaînette qu'elle a autour du cou. Il y a une photo que Nino trouve splendide, elle de profil, au soleil, les cheveux attachés sous un bandeau blanc, elle regarde au loin. Il passe toutes ces images en revue pendant dix minutes, rien ne s'y rapporte à la scène dans l'église – qui l'a troublé, peut-être davantage que s'il l'avait vue embrasser quelqu'un au beau milieu de la rue. Il l'aurait alors épiée avec un mélange de rage et d'humiliation. Mais il y a ici un malaise d'un autre ordre, qui n'a pas de nom : ce n'est pas seulement de l'agacement, c'est aussi de la stupeur, et une stupeur qui n'a rien d'agréable. Il se sent dans l'embarras, il se sent stupide. Il se sent même trahi, oui, au moins un peu : tu aurais dû me le dire. Puis, il y repense mieux : me dire quoi ? Qu'il lui arrive de prier ? Qu'elle est de celles qui vont à l'église ? Ce ne sont pas des choses qu'on révèle à des gens qu'on connaît à peine. Ensuite, il pense aussi : moi, en revanche, je n'ai pas de secrets. Tiens, tiens ! se dit-il, tout est là. Il se met à examiner ses propres photos. Je ne cache rien : moi à la mer, moi à des millions d'apéritifs, moi qui ris le jour de mes vingt-deux ans, moi en cravate entre deux jeunes filles en tenue de soirée, avec leurs sacs à main dorés, moi qui fais l'andouille en tenue féminine, une espèce de caftan, moi qui danse en boîte de nuit (la photo est prise d'en haut), moi sur une plage, je ris en embrassant le sein d'une nana, moi qui fais un geste obscène de la main, moi au stade, moi en partance pour Londres, moi à Londres, moi qui me baigne dans la mer en octobre, qui entre dans l'eau en caleçon, qui prends un selfie, tu aurais quand même pu nous épargner le spectacle de ton braquemart, voilà le premier commentaire, les J'aime sont au nombre de seize, moi en chemise à manches courtes à côté d'un bonhomme de neige, moi en combinaison de ski, moi dans une adaptation théâtrale des *Sept Femmes de Barbe-Rousse*, moi coiffé d'un béret basque blanc, moi quand j'avais les cheveux longs, moi quand je n'avais pas de barbe, moi sur des photos de classe, l'époque ennuyeuse et stupide, moi.

Nous sommes lundi, la difficulté consiste à faire semblant de rien, ce soir à la sortie du théâtre. Ou bien ne vaudrait-il pas mieux dire quelque chose ? Quelque chose du genre : je t'ai vue, hier, à l'église. Rien de plus. Et voir ce qui se passe. Quand il s'est retrouvé devant elle – elle fumait, comme d'habitude, puis elle baissait le bras droit et le tenait comme son bras gauche, le long de sa hanche, les épaules légèrement rentrées, transie de froid –, il n'a pas eu le courage de lui dire quoi que ce soit. Il n'arrivait même pas à être naturel et il a donc gardé un silence insolite ; elle l'a remarqué, elle lui a demandé : tu n'as pas le moral ? tout en le prenant par le bras d'un geste amical, masculin. Il l'a détestée. Il l'a désirée.

QUEL RAPPORT, entre elle et la prière ? Prier, c'était bon pour les petites vieilles couvertes d'un châle, pour les processions de village – celles qui l'amusaient tant, quand il voyait osciller dangereusement la statue du saint, dans les rues étroites et en pente raide des villages médiévaux. Prier, c'était une illusion du passé, un dialogue avec le néant, une pièce de théâtre analogue à celle que joue un enfant avec son copain imaginaire, à celle que lui-même jouait devant son public fantôme des retransmissions de *Big Bang*. Prier lui semblait être une faiblesse, un signe de lourdeur d'esprit. Moins à la mode que la prétendue méditation – refuge de nombreux athées, souvent végétariens, qui, arrivés à un certain âge, s'arrachaient les livres d'Osho –, c'était en tout cas, sur notre petit coin de monde, une pratique périmée, hors délai. Et ceux qui, en Orient, s'agenouillaient plusieurs fois par jour en direction de La Mecque, lui apparaissaient comme de simples otages d'un stade moins avancé de la civilisation. Nino n'avait pourtant pas réfléchi à la question plus de dix minutes : il avait, en substance, liquidé le problème à la hâte, avec un agacement identique à celui qu'il avait ressenti, au lycée, lorsqu'une camarade de classe – une parfaite inconnue – lui avait demandé pourquoi il avait décidé de ne pas suivre le cours de religion. S'il avait écouté son instinct, il lui aurait rétorqué : qu'est-ce que ça peut te foutre ? Il avait au contraire répondu à sa question par une autre question – pourquoi est-ce que je devrais ? – d'un air suffisant qui ne laissait aucune place à la moindre objection. Nino l'avait humiliée.

Il ne s'agissait pas de se poser le problème de l'existence de Dieu pour le résoudre. Il s'agissait justement de ne pas se le poser. C'était ridicule, de gâcher de l'énergie mentale pour une convention si illusoire. Et puis, Nino détestait – d'une manière qu'il aurait qualifiée d'épidermique – les prêtres, les bonnes sœurs, les évêques, les cardinaux, tous ces émissaires d'une institution qu'il jugeait funeste et décadente. Il pensait au pape, à ses mantelets rouges dignes d'un tableau du XVIe siècle, avec une ironie presque bienveillante, il voyait en lui un petit vieux prisonnier d'un rôle pitoyable, harcelé par les sales gens en soutane de son entourage, corrompus, fourbes et avides ; il l'imaginait accroché de toutes ses forces à un rocher, alors que la fureur du vent était sur le point de le balayer. D'ailleurs, elle finirait bien par y arriver. Quant aux préceptes et aux commandements, c'était à ses yeux la partie la plus comique de toute cette affaire. Le sacrement de la confession occupait le sommet de l'échelle du non-sens. Pourquoi donc devrais-je aller raconter mes « péchés » à un autre pécheur servant d'intermédiaire avec Dieu ? Le jeu du téléphone avec le grand absent. Et de toute façon, rien à faire : il s'était masturbé et continuait à le faire, il avait utilisé des dizaines et des dizaines de préservatifs, il n'avait résisté à aucun type de tentation. À propos, pourquoi cette obsession de la religion pour le sexe ? Quelle relation existe-t-il entre Dieu et la chasteté ? On devient meilleur, avec des organes génitaux hors service ? Ils étaient vraiment convaincus, les combattants d'Allah, qu'une foule de vierges les attendait après leur mort ? Pas besoin d'un psychiatre, pour s'assurer de la folie de toute forme de foi. Pas besoin d'un historien, pour tenir le compte des dégâts provoqués par les croyants sur toute la surface de la planète, pendant des millénaires.

LE SOIR DU JEUDI GRAS, nous sommes restées à table tard. Teresa était passée acheter un plateau de pâtisseries, elle est rentrée de bonne humeur. Et si on se faisait livrer une pizza, a-t-elle dit d'un air en apparence joyeux. On resterait bien tranquilles, on parlerait un peu, j'ai quelque chose à te dire, j'ai pris une décision, a-t-elle ajouté. J'ai l'intention de chercher un autre travail. Je suis restée silencieuse, je l'ai regardée – d'abord inquiète, ensuite surprise. De sa confiance, de cette familiarité en quelque sorte retrouvée, rallumée. J'en ai assez, a-t-elle repris, à la fin de mes journées, je n'éprouve pas la moindre satisfaction, je mérite mieux que ça, non ? Elle a ri, de bon cœur, mais pas avec les yeux. Vu les circonstances de mon départ de Terracina, vu tout ce qui s'est passé, j'étais bien obligée de ne pas me montrer trop difficile, tu le sais, et je ne pouvais pas non plus refuser un emploi que papa m'avait trouvé en faisant appel à plusieurs amis, l'idée en soi ne me déplaisait même pas, travailler dans une agence de voyages avait un petit air de comédie romantique, et en tout cas, c'était mieux que ce que je faisais avant – trier des dossiers au service des Contributions locales de la municipalité de Terracina. Je suis arrivée à Rome à la fin de l'été, j'étais bouleversée, tu te souviens, je n'étais plus moi-même, et pendant longtemps, je n'ai rien regardé autour de moi, la ville n'existait pas, elle se réduisait au viale Giulio Cesare et à ton appartement, ni plus ni moins. Maintenant, j'aimerais me remettre en mouvement avant l'arrivée du printemps, faire autre chose, je crois que j'en ai assez bavé, je ne peux pas continuer à me plaindre pour l'éternité.

Je ne l'ai pas interrompue. Quand elle m'a demandé : qu'est-ce que tu en penses ? j'ai répondu que j'étais d'accord, qu'elle avait raison, qu'à trente ans, on ne peut pas se condamner à perpétuité à cause d'une simple erreur. Je t'interdis d'appeler ça une erreur, a-t-elle dit sur un ton d'une dureté soudaine. Je lui ai servi du vin, j'ai dépaqueté les pâtisseries, elle s'est aussitôt détendue, elle m'a posé des questions sur le théâtre avec une curiosité à peine forcée, et puis, sans crier gare, sur Nino. Qu'est-ce que tu penses de lui ? Je lui ai répondu ceci : si je n'étais pas convaincue de ses qualités, je ne lui aurais pas confié ce cours. Non, je ne parlais pas de ça, a dit Teresa, je ne parlais pas de son talent d'acteur, je voulais savoir ce que tu penses de lui, de ce qu'il est vraiment. J'ai beaucoup d'affection pour lui, ai-je déclaré. Elle a souri : tu ne réponds pas à ma question. Je le trouve curieux, a-t-elle ajouté, même quand il raconte des conneries, j'aimerais en comprendre davantage, le comprendre lui. Il est plein de vitalité. Bien entendu, lui ai-je fait remarquer, il a vingt ans, comment voudrais-tu qu'il ne le soit pas ? Ce n'est pas un problème d'âge, pas seulement. Il est aussi plutôt beau gosse, et il en est conscient. Quand il sourit, avec ses grandes dents qui ressemblent encore à des dents de lait, a-t-elle dit – et elle s'est arrêtée là. Elle aurait pu ajouter qu'elle s'était rendu compte, au fil des semaines, que le retrouver le lundi à la sortie du théâtre ne lui pesait plus trop, et en tout cas beaucoup moins que de me retrouver moi le jeudi, par exemple. Et que fumer une cigarette en sachant qu'il finirait par arriver, qu'il dirait forcément quelque chose d'amusant, de débile, qui la mettrait de bonne humeur, eh bien voilà, c'était agréable. Elle avait l'impression qu'il lui faisait la cour ? C'était ça ? Non, il y avait autre chose : il la mettait d'humeur plus légère, il l'aidait à se sentir mieux. Le côté sombre du lundi, le jour le plus pénible de la semaine, disparaissait comme un nuage de fumée. Elle se serait volontiers débarrassée de plusieurs années, ou bien elle lui en aurait ajouté quelques-unes, à lui, pour remettre leurs échanges sur un pied d'égalité. Puis elle oubliait. Et de toute façon, pour le moment, c'était la seule personne capable de lui donner la sensation de ne pas être seule dans cette ville, pas tout à fait. Elle pensait si peu, en sa présence, à Terracina, à tout ce qui s'était produit, à la façon dont elle s'était, en réalité, enfuie, que sur le chemin du retour, elle se demandait si elle n'était pas, comme par enchantement, devenue une autre. Entrée dans une vie nouvelle, sans passé.

VOUS NE DEVEZ PAS TRAVAILLER sur les certitudes, mais sur les doutes. Voilà ce que Nino a expliqué à ses élèves, qui l'écoutaient, assis sur un banc, comme une équipe de sport écoute son entraîneur. Il s'agit d'un langage théâtral composé avant tout d'ambiguïté. Nino s'était bien préparé. Sur le tableau noir, il avait écrit d'un côté les noms des personnages et, de l'autre, leurs rôles. L'intrigue est très simple : nous sommes en France, vers le milieu du XVIIIe siècle ; un jeune avocat – il s'appelle Dorante – doit administrer les biens d'une riche veuve, Araminte. Elle tombe follement amoureuse de lui en l'espace d'un seul jour, et elle l'épouse dans la soirée. Je pense que Giancarlo sera Dorante, et Laura, Araminte. Ensuite, nous avons Mme Argante, la mère d'Araminte, qui voudrait de son côté marier sa fille à M. Remy, procureur ; et puis, il y a aussi le Comte, un domestique, un garçon joaillier, Mlle Marton, suivante d'Araminte, qui sera certainement interprétée par Luciana, et deux valets. Le premier, Dubois, est à l'origine des « fausses confidences » du titre, mais les questions, au bout du compte, sont les suivantes : qu'est-ce qui est vrai ? qu'est-ce qui est faux ? Le second valet est celui d'Araminte, Arlequin. Qui se sent le courage de le jouer ? D'un geste timide, M. Renzo a levé la main : il fréquente un club de gym deux fois par semaine et d'après lui, pour Arlequin, il faut un physique athlétique, comme le montre d'ailleurs, a-t-il ajouté, le cas de Ferruccio Soleri, encore capable de sauter et de danser à plus de quatre-vingts ans. M. Giancarlo a alors jeté un regard à Nino, pour voir s'il avait bien compris l'allusion, mais Nino n'a pas relevé le défi, il a aussitôt détourné les yeux et il a continué ses explications, d'un air sûr de lui. Donc, Laura, ton personnage – Araminte – parle sans y penser, elle divague tout le temps, elle tombe amoureuse mais elle ne veut pas, elle se ment à elle-même, elle craint les effets d'une passion qui pourrait la détruire. Et Dorante ? a demandé Giancarlo, toujours un peu renfrogné, comme pour réclamer de l'attention. Dorante, a répondu Nino, est un personnage presque crépusculaire. Il répétait par cœur ce qu'il avait lu dans l'introduction du bouquin : il est vraiment incertain et hésitant à ce point-là ? ou bien est-il en train de construire, méticuleusement, sa propre jolie comédie ? Il a ajouté que, selon le dramaturge, un ton distrait devait prévaloir, pour tout le monde. Il fallait faire sentir que derrière chaque réplique, il y en avait une autre, qu'il y avait un envers, un espace de non-dit.

Les élèves ont regardé leur professeur d'un air perplexe. Leur principale inquiétude, quant au spectacle, ne portait pas sur les subtilités de l'interprétation. Luciana s'est fait leur porte-parole : le vrai problème, pour nous, c'est d'apprendre le texte, tu dois nous y aider. Nino les a rassurés : il existe des trucs, a-t-il dit, il peut par exemple être utile d'imprimer la pièce avec les répliques des autres personnages et sans les vôtres, ou encore de les copier à la main, mais vous verrez, au fur et à mesure des répétitions, elles vous entreront dans la tête. Nous aurons des prompteurs ? Ne vous occupez pas de ça pour l'instant, a répondu Nino, et il a ressenti une tendresse subite pour ces très vieux enfants sans défense. Pour une fois, leur lourd bagage d'expériences était inutilisable, sur tous les fronts. Leur mémoire lacunaire, leurs yeux défectueux, leurs mouvements maladroits : sur le moment, Nino a pensé que l'entreprise était sans espoir.

Il a donné le départ de la lecture à haute voix du texte, c'était d'abord le tour d'Arlequin, alias M. Renzo : [*introduisant Dorante*] Ayez la bonté, monsieur, de vous asseoir un moment dans cette salle, Mlle Marton est chez madame et ne tardera pas à descendre. DORANTE Je vous suis obligé ARLEQUIN Si vous voulez, je vous tiendrai compagnie de peur que l'ennui ne vous prenne, nous discourrons en attendant.

Ce n'était pas seulement une lecture ânonnée, sans intonation. C'était un désastre. Il n'y avait, en apparence, aucun point de contact possible – non, pas même le plus lointain – entre Mancini Renzo, né à Rome le 27/05/1941, et Arlequin, son décor, son monde éloigné, cette grâce quelque peu frivole et mondaine. Dorante n'allait d'ailleurs pas mieux, mais le pédantisme de M. Giancarlo le poussait à lire en déclamant, à la manière d'un professeur à la retraite, d'un acteur de province, ce qui, abstraction faite du reste, lui donnait un certain relief par rapport à la prononciation monocorde des autres. Lorsque, à la scène 6, le tour de Laura Perrotta et de sa première réplique est arrivé, il s'est créé plus qu'une attente, l'espoir que quelque chose allait se mettre en route, devenir vivant. ARAMINTE Marton, quel est donc cet homme qui vient de me saluer si gracieusement, et qui passe sur la terrasse ? Est-ce vous à qui il en veut ? MARTON Non, Madame, c'est à vous-même. Bravo, s'est alors exclamé Nino pour les encourager, vous n'êtes plus Laura et Luciana, vous êtes Araminte et Marton. Vous devez penser comme elles : une jeune aristocrate et sa suivante. Vous devez vous déplacer comme elles.

Et pendant ce temps-là, il les observait – Luciana et sa polaire fuchsia, Laura très élégante mais démodée, avec son cardigan marron clair et son pantalon à carreaux. Pour la première fois peut-être, il percevait le moment précis où naît l'acteur. Et il le percevait précisément dans l'obstacle, dans cette impossibilité manifeste, pour Luciana et Laura, de jouer autre chose qu'elles-mêmes, de bondir hors de leurs vies, l'espace d'un instant et pour toujours, avec toute l'agilité et l'impudeur nécessaire à feindre intensément d'être Marton ou Araminte, au point de le devenir. Ah, les vrais acteurs, les grands ! La splendeur de la métamorphose, quand elle s'accomplit. Les acteurs, le soir, sur toutes les scènes du monde – leur transpiration, leur manière de s'époumoner, leurs gesticulations, leurs travestissements d'enfants répétés chaque jour, après neuf heures, des dizaines de fois : toute une vie passée à en vivre d'autres. C'est magnifique, et terrible, puisqu'il n'en reste rien, ni de la vraie ni des fausses, rien, tout meurt comme la goutte de salive qu'on voit du premier rang, perle de lumière qui tourbillonne dans l'air, le vent que produit le corps en courant et qui atteint les coudes des spectateurs, quand l'acteur descend de l'estrade et traverse le couloir entre les fauteuils ; tout meurt, magnifique, le souffle, le geste, l'applaudissement.

UNE RÉPLIQUE DE LUCIANA, alias Mlle Marton, est restée imprimée dans sa mémoire : J'admire le penchant dont on se prend tout d'un coup l'un pour l'autre.

Il a cessé d'y penser, à la sortie du théâtre, parce qu'il a bien été obligé de se demander ce qu'il pourrait lui dire. Ciao, pour commencer, et puis, oui – quitte à passer pour le sempiternel, l'incurable –, tu as des projets pour demain soir ? Non, a-t-elle répondu, je ne fais plus rien, le mardi gras, depuis l'âge de onze ans. Ah. Nino n'a rien ajouté. Par chance, son téléphone à elle a sonné, elle l'a pêché au fond de son sac, de son geste habituel, comme d'un puits ; pour ne pas paraître indiscret, il s'est mis à tripoter le sien. La première phrase qu'il l'a entendue prononcer, après les salutations d'usage, est celle-ci : je suis bouleversée. Il a mis un certain temps à comprendre qu'il ne s'agissait pas d'une affaire personnelle, non, mais de la démission du pape. Il l'avait annoncée lui-même dans la matinée, en la dissimulant presque derrière un discours en latin qui n'avait d'abord attiré l'attention de personne. Un stupide lundi d'un mois de février quelconque, le ciel de Rome laiteux et froid. Nino était dans un bar, quelqu'un a dit : le pape a démissionné, lui a simplement pensé : tu parles d'une connerie. Impossible, pendant un long moment, de se connecter à Internet ; il a attendu, puis il a vu que c'était vrai. Rien ne lui est venu à l'esprit, en tout cas rien de précis, mais au fil des heures, il a lui aussi trouvé extraordinaire cet événement auquel il n'aurait, *in abstracto*, pas accordé le moindre poids. Et voilà pourtant qu'il voulait dire à Teresa quelque chose d'intelligent sur le sujet, quelque chose susceptible de frapper son esprit.

Il ne pouvait certes pas se faire l'écho de ce que tout le monde répétait : cette décision était liée aux manœuvres occultes des cardinaux, aux intrigues de la Curie, à la banque du Vatican, aux prêtres pédophiles.

Peut-être, a-t-il hasardé, qu'il ne voulait pas mourir en public, comme l'autre pape. Qu'est-ce que tu y connais, toi, à l'autre pape ? a-t-elle demandé d'un air très sérieux. J'avais quinze ans, je n'étais plus un enfant. Sur ces entrefaites, il s'était mis à pleuvoir, ils se sont abrités sous l'auvent, ils sont restés silencieux. Le fracas de l'orage a couvert les bruits de la ville, l'eau a effacé les voitures, les passants, les lumières, la via Carini, et cette obscurité humide les a envahis, comme une forme de tristesse. Teresa aurait voulu trouver les mots justes et lui expliquer pourquoi elle était si ébranlée. Au même instant, Nino s'est armé de courage et il le lui a demandé. Elle a d'abord adopté le ton rude et irrité d'une institutrice pour lui dire que des faits comme celui-là marquent l'Histoire, comment peut-on demeurer indifférent devant un événement pareil ? Et que la hiérarchie ecclésiastique, dont elle se moquait pas mal, n'avait rien à voir là-dedans. Il s'agissait d'un geste à la fois immense et mystérieux, puissant et très fragile. Et en tout état de cause, a-t-elle ajouté, pour un croyant, pour les millions de croyants du monde entier, ce choix est bouleversant : à l'improviste, et d'une manière si… si inhabituelle, un point de repère, une boussole disparaît. Pour un croyant, a-t-elle répété – et il l'a alors interrompue, il lui a posé la question la plus simple et la plus considérable de toute une vie : et toi, tu l'es, croyante ?

Teresa n'a pas répondu, elle a souri – avec embarras, avec douceur – et elle lui a fait une caresse : imprévisible, légère, maternelle.

POURQUOI SE SENTAIT-IL PARALYSÉ à ce point ? Pourquoi n'arrivait-il pas à rester indifférent ? Pourquoi n'essayait-il même pas de lui expliquer ce qu'il avait toujours pensé, sur ces sujets et sur tout le reste ? Pourquoi était-il si bouleversé ? Pourquoi tenait-il incroyablement tant à entrer dans son esprit ? Et dans tout ça, pourquoi avait-il une telle envie de faire l'amour avec elle ? La tête de Nino était encombrée de questions, comme elle ne l'avait peut-être jamais été ; il en était étonné, agité. Un vent nouveau s'était mis à souffler, il secouait les cheveux et les idées, il ouvrait des portes barricadées – sans raison, depuis toujours – et les laissait claquer pendant des heures.

Comme des feuilles sur une avenue, des choses qu'il savait et des choses qu'il ne savait pas prenaient vie et s'amassaient, des choses entendues allez savoir où, allez savoir de quelles bouches, apprises à l'école et désapprises, ensevelies dans la désuétude. La *Divine Comédie* et un vieux Dieu barbu, Adam et Ève nus, le Créateur les punit et, à partir de ce moment-là, ils couvrent leur corps, Abraham, Moïse, cette mer de poussière et de violence. Les sacrifices des Mayas et des Aztèques, des poitrines déchirées pour faire naître le soleil, de gros rochers remplis de colère contre les hommes par un jour de bourrasque, des chênes séculaires habités par des esprits, des mégalithes en cercles, la déesse Mère, les pharaons et les pyramides, dont il s'était intensément occupé pendant une courte période de son enfance, avec l'intérêt obsessionnel qu'il réservait, un an plus tôt, aux dinosaures. Puis, dans un bois quelconque, sur les montagnes, cette bande de dieux volages et cons : toujours amoureux, ils braillent, se jouent de sales tours, décochent des flèches, animent les profondeurs marines et les rêves, pleurent, envoient la pluie et la guerre. Nino raclait le fond d'un baril de notions archivées avec le temps : les ruisseaux où les nymphes se baignent, nues, recommençaient à couler depuis ce monde joyeux et solaire qui, un jour, se brise comme un enchantement, et les dieux s'envolent au loin tous ensemble, à la façon des pigeons quand on tape des mains, pour ne plus jamais revenir. Des gens chaussés de sandales prenaient leur place, marchaient dans la poussière des déserts, parlaient d'un Dieu seul et unique. Zarathoustra dégradé, après Nietzsche, au rang d'image sur des T-shirts, Confucius, Lao-tseu et Bouddha réduits à des aphorismes à la mode chez les bobos, Jésus de Nazareth trahi par le faste des cardinaux, Mahomet mis dans l'embarras par les terroristes. Leurs promesses de lumière sur de la lumière ! Des fleurs qui poussent par enchantement, des eaux qui se laissent traverser à pied, des miracles et des résurrections – cette millénaire, interminable fable de révélations qui se corrigent et s'effacent les unes les autres, et toujours plus bas jusqu'aux Témoins de Jéhovah, aux acteurs possédés adeptes de la scientologie, à ces grands garçons heureux dans leurs tuniques orange, tous perdus, voués à cette croyance illogique en ce que nous voudrions être vrai.

VOUS VOUS ÊTES ENFIN ASSIS l'un devant l'autre, avec une angoisse nouvelle à l'idée que vos regards se croisent trop longtemps, qu'ils révèlent quelque chose que vous ne pouviez pas, que vous ne vouliez pas dire. Nino avait proposé une autre excursion : nous avons raté la fête de la *bracciolata* à Camerata Nuova, mais il nous reste un vaste choix – la kermesse de la *falia* et des brocolis à Priverno, par exemple. La *falia* ? Oui, c'est une sorte de *focaccia*. Nous sommes aussi dans les délais pour la fête de la saucisse près de Latina ou celle de la *polenta rencocciata*, à Licenza. Laquelle tu préfères ? Teresa lui a répondu qu'elle ne comprenait toujours pas pourquoi tout ce folklore local l'amusait tant. Nino a cherché une réponse rapide à lui donner, une réponse stupide et amusante, mais il ne l'a pas trouvée. Alors il a dit : si nous en choisissons une et que nous y allons ensemble, j'essaierai de t'expliquer. Je suis déjà venue une fois. Il a saisi la balle au bond : je voulais dire toi et moi tout seuls, on vient à peine de fêter la Saint-Valentin, non ? Justement, elle est passée, a dit Teresa, je suis désolée. Elle s'est mise à rire, et vous avez ri ensemble. Ensuite, c'est elle qui t'a proposé d'aller manger un morceau, je connais un endroit, pas loin du théâtre, si ça te dit, on pourrait y prendre un verre de vin et une assiette de charcuterie, ils ont aussi d'excellents fromages, c'est un lieu sympa, les murs sont couverts d'horloges, comme ça, pas moyen d'oublier que je travaille dans une agence de voyages.

Vous vous êtes assis l'un en face de l'autre, au bout d'un moment, Teresa a demandé à changer de place avec toi, elle était en plein courant d'air chaque fois que quelqu'un ouvrait la porte. Elle a regardé autour d'elle et il lui est venu un doute, aussi glacial que l'air du dehors : des gens avaient peut-être remarqué votre différence d'âge. Vous avez commandé, l'assiette de charcuterie, deux *bruschette* – elles ne doivent pas être aussi bonnes qu'à Casaprota, mais bon – et deux verres de vin blanc. Vous avez trinqué, à rien en particulier, puis Nino a demandé :

« Tous sur le toboggan,
Comme de maudits oiseaux libres. »

Philipp Larkin

TU AIMES TON BOULOT ?

C'est une interview, Nino ? Tu es en train de m'interviewer ?

Oui. Disons que c'est une interview.

Je ne sais pas si j'aime mon boulot. Ça m'est arrivé. Je me dis toujours qu'il y a pire, bien pire que d'organiser les voyages de gens qui n'ont pas appris à le faire eux-mêmes. Mais j'aimerais changer de travail.

Pourquoi ?

Rien que pour changer. Parce que j'en ai envie.

Et qu'est-ce que tu aimerais faire ?

Je ne sais pas, quelque chose qui, en fin de journée, me donnerait la sensation de – me donnerait une sensation de satisfaction.

Tu ne te sens pas satisfaite, en fin de journée ?

Pas de mon travail en soi. Tout compte fait, si je vois un couple content du voyage de noces qu'il a choisi, oui, bien sûr, ça oui, ça me fait plaisir. Mais après avoir imprimé le vingtième billet de train, je perds mon énergie. Et je pense à autre chose.

Tout le monde pense à autre chose, au boulot.

Ce qui signifie que tout le monde s'ennuie. Moi, je ne veux pas m'ennuyer.

Ça ne te plaît pas de prononcer les noms de toutes ces villes du monde, d'imaginer des voyages, ça ne te met pas de bonne humeur ?

Si, dans ce domaine-là, je suis imbattable. J'imagine toujours, j'imagine tout. De temps à autre, je me retourne, je regarde le planisphère accroché derrière moi. Et je me demande : qui sait ce qui se passe là-bas, à cet instant même ? Tu n'y penses jamais, toi ?

Non. Presque jamais.

Moi, je n'arrête pas. Pourquoi suis-je ici et pas ailleurs ? Qu'est-ce que je perds, à être ici plutôt qu'ailleurs ?

Tu te poses de drôles de questions.

L'autre jour, j'ai lu un article à propos d'un garçon de quinze ans qui habite Goma…

C'est où, Goma ?

En République démocratique du Congo.

Je serais incapable de la situer précisément sur une carte.

C'est en Afrique centrale. Eh bien, ce gamin de quinze ans présente un programme radio sur les droits de l'enfance. C'est beau, non ? Voilà, je lis une histoire comme ça dans *Internazionale,* et je pense à ce jeune garçon dont je ne ferai jamais la connaissance, à la vie au Congo un jour quelconque, à tout ce que je ne verrai jamais, à tout ce que je ne saurai jamais.

Tu pourrais voyager, aller là-bas.

Penses-tu.

Pourquoi ?

Trop d'anxiété. Trop de peur.

Tu as peur de l'avion ?

Entre autres.

Et de quoi d'autre ?

De tout, je souffre d'une anxiété incontrôlable. Et de toute façon, ce n'est même pas la question.

C'est quoi, alors ?

Je ne saurais pas trop bien l'expliquer, c'est comme si j'étais incapable de résoudre un problème.

Moi, je n'ai jamais su les résoudre, les problèmes. Du style : une dame va au marché acheter un kilo de pommes ; pour y arriver, elle doit parcourir deux kilomètres en vingt minutes, tu te souviens ?

Oui.

Et moi, je me contentais de penser : elle n'aurait pas pu prendre sa voiture ?

Je parlais d'un autre genre de problèmes.

Je sais bien, je plaisantais.

Celui de ma relation avec le monde.

Voilà un problème curieux.

Tu ne te demandes jamais quel rapport il y a, entre toi et le monde ? Entre toi et ce qui se passe là où tu n'es pas ? Entre toi et les milliards de personnes que tu ne connais pas ? Quel rapport *effectif* tu as avec tous les gens qui existent en même temps que toi ?

J'avoue : je ne me le demande jamais.

Je comprends, ce sont des pensées…

Particulières.

C'est que tout me semble beaucoup trop grand par rapport à notre capacité à en prendre soin. Mais il est peut-être plus normal de ne penser qu'à sa propre vie, et à rien d'autre.

Tu sais, parfois, ça donne déjà beaucoup de mal.

Toujours le mot pour rire, hein ?

Presque toujours.

Selon toi, si j'ai ce type de pensées, c'est parce que je peux me le permettre ?

Pas du tout, c'était une plaisanterie, je viens de te le dire. Cela étant, si tu élargis trop ton regard, pas étonnant que tu sois angoissée. De temps en temps, le secret consiste à restreindre la perspective.

Tu as peut-être raison. Mais je n'aime pas les gens trop concentrés sur leur propre vie.

Comment fais-tu pour les reconnaître ?

Quand ils parlent, ils donnent l'impression que le monde coïncide avec eux. Alors, dans ces moments-là, lorsqu'ils ont répété pour la cinquantième fois le mot je, je pense aux distances entre les planètes. Et il me vient une envie de rire. Je les imagine marchant dans une sorte de bulle.

Tu es bizarre.

Pas toi ? Tu as laissé toute ta part de fromage, je peux ?

Bien entendu.

Tu n'aimes pas ?

Non.

Tu vois que nous sommes tous un peu *bizarres* ?

Je suis bizarre parce que je n'aime pas le fromage ?

Bien sûr que non. Mais vues de l'extérieur, les choses qui nous plaisent ou qui ne nous plaisent pas ont un côté bizarre. Elles sont mystérieuses.

Qu'est-ce que tu n'aimes pas, toi ?

La pluie.

Je parlais de ce qui se mange.

Les pâtes au beurre. Les pâtes avec une sauce tomate toute simple.

On commande autre chose ? Déjà, pour commencer, un autre verre. Tu as faim ?

Et si on partageait une *focaccia* garnie ?

Laquelle ?

Jette un coup d'œil sur le menu, on va voir si tu penses à la même que moi.

Thon de Cantabrique et olives.

Moi aussi !

Tu vois, nous pouvons nous marier, nous avons des tas de points communs.

Le thon de Cantabrique, et puis…

Je suis un grand partisan du thon, depuis toujours, sous toutes ses formes. Disons, une sorte de spécialiste.

Pas sûr que les thons soient du même avis.

En tout cas, moi, je sais comment les mettre en valeur.

Tu n'arrêtes vraiment jamais de plaisanter ?

Si, parfois.

Par exemple ?

Ce ne serait pas correct d'en parler devant une jeune femme.

Arrête.

Quand je fais la lessive, je ne plaisante pas. Et je ne plaisante pas non plus quand j'arrose mes plantes. Elles n'ont pas le sens de l'humour.

Je peux te poser une question ?

Demande toujours.

Pourquoi est-ce que tu t'amuses tant à aller aux fêtes culinaires de province et à jouer les intrus avec ta caméra vidéo ?

Encore ? C'est juste une manière comme une autre de rendre compte de la réalité.

Et de faire de l'ironie.

Oui. C'est grave, docteur ?

Non, mais j'aimerais comprendre.

Qu'est-ce qu'il peut bien y avoir à comprendre ?

Le motif de ton ironie envers les habitants de la province. Tu te sens supérieur ?

Pas du tout.

Tu es né à Rome ?

Oui. Et toi ?

À Terracina.

Je n'y suis jamais allé.

Tu n'as jamais eu aucune raison de le faire.

J'aurais pu te rencontrer plus tôt. Tu es arrivée quand à Rome ?

À la fin de l'été.

Et avant, tu faisais quoi ?

Je travaillais à la mairie.

Et puis tu t'es ennuyée, j'imagine.

C'est une longue histoire.

Une histoire secrète aussi ?

Aussi.

Alors je n'insiste pas.

Même si tu insistais, je ne te la raconterais pas.

Tu es un peu antipathique, parfois.

Je sais. Toutes les filles le sont, parfois. Mais quoi qu'il en soit, être né dans une grande ville ne rend pas supérieur à ceux qui sont nés dans des trous perdus.

Je ne l'ai jamais prétendu.

Non, mais tu le penses.

C'est toi qui le dis.

L'ironie est un moyen de se sentir une marche au-dessus des autres. Et aussi de se défendre.

Et aussi d'être léger.

Ce qui implique que je suis censée être lourde.

Il m'est arrivé de le penser.

Tu veux que je te dise ce que j'ai pensé, moi ?

Que j'ai beaucoup de charme.

Oui, surtout ça. Tu t'appelles vraiment Nino, Nino tout court ?

Tu n'aimes pas ce prénom ?

Il est plutôt rare.

Mon vrai prénom est aussi le nom d'une station de métro, d'un stade et d'un quai du Tibre. Flaminio.

Flaminio.

Oui.

C'est très beau. Très élégant.

Je n'ai jamais aimé. Et puis, j'ai toujours pensé que si je voulais devenir acteur, il me fallait un autre prénom.

Tu as tort.

Je voulais un prénom à moi.

Et celui-ci, à qui appartient-il ?

À un de mes arrière-grands-pères.

N'empêche qu'il t'appartient. Et moi, j'aime beaucoup.

Tu peux m'appeler comme ça si tu veux, mais c'est une permission que je n'accorde à personne d'autre.

J'en suis très honorée, Flaminio.

Ça me fait tout drôle.

On prend un dessert ?

Oui. Ils ont de bonnes tartes ici.

OK pour la tarte.

Un autre verre ?

Le dernier.

Tu sais quoi, il y a quelque chose dont je voulais te parler. Je t'ai vue à l'église, pas dimanche dernier, celui d'avant.

Quelle église ?

Aquila e Priscilla.

Santi, Aquila e Priscilla. Et ?

Rien. Ça m'a étonné. J'étais au baptême du fils d'une cousine, je me suis retourné – et je t'ai vue. Tu étais sur le dernier banc. Tu es entrée, tu es restée un peu, tu es sortie.

Et tu trouves ça étrange ?

Un peu.

Quoi, en particulier ?

Rien, te retrouver là, dans une église.

Il y a des gens qui font des choses bien plus étranges.

Tu étais là pour prier ?

Que peut-on faire d'autre, dans une église ?

À ton tour d'être ironique.

Oui.

Je ne voulais pas t'agacer.

Je ne suis pas agacée.

Tu es sur la défensive.

Peut-être.

Tu crois en Dieu, alors.

Ce n'est pas une maladie.

Ça me fait tout drôle.

Comme de t'entendre appeler Flaminio ?

Encore plus.

Tu ne connais pas d'autres personnes qui croient en Dieu ?

Si, quelques-unes. Mais en général, elles ont trois fois mon âge.

Et elles sont toutes aussi *bizarres* ! Tu penses que la foi est une affaire de vieux ? Qu'elle concerne uniquement les gens qui sont sur le point de mourir ?

Non, mais je suis convaincu qu'elle a un rapport avec la peur.

La peur de mourir ?

La peur de tout.

Tu penses que c'est une illusion.

Oui.

Et tu trouves ça triste ?

C'est moi qui étais supposé poser les questions.

Réponds. Tu trouves ça triste ?

Je ne comprends pas la question.

Tu aimerais que ce ne soit pas une illusion ?

Je n'ai jamais posé la question dans ces termes. Je sais seulement que c'est une illusion.

Tu le sais.

Je sais que ce n'est pas rationnel. Que ce n'est pas scientifique.

Tu ne crois jamais qu'à ce que tu vois ? Et qu'est-ce que tu sais d'autre ?

Que personne ne marche sur les eaux. Que personne ne revient du royaume des morts. Que personne ne guérit parce qu'il a prié.

Tu as beaucoup de certitudes.

Non, c'est tout simplement que je refuse celles des croyants. Leur présomption.

La présomption des non-croyants est identique. Tu ne t'es jamais demandé, par hasard, si tu ne te trompais pas ? Quitte à ce que la probabilité soit de un sur un million.

Non, parce que toute religion est une négation manifeste de la logique.

Tu penses que tout a une logique ?

Je pense que tout doit en avoir une.

Tu n'as jamais eu peur du noir, quand tu étais enfant ?

Si, mais ensuite ça m'a passé.

Elle était logique, cette peur ?

Non.

Mais tu la ressentais quand même. Jusqu'à l'âge de onze ans, j'ai dormi avec une veilleuse. Une espèce d'œil vert écarquillé toute la nuit, près de la porte. Quand mes parents me l'ont enlevée, j'ai cru que j'allais mourir. Cette nuit-là, j'ai dit une prière. Et elle m'a calmée.

Tu vois bien qu'il y a toujours un rapport avec la peur ?

Non. Il y a toujours un rapport avec quelque chose qui t'apaise, et qui est en toi.

Quel genre de chose ?

Quelque chose qui te donne la sensation d'être en lieu sûr.

Rien ne dit que cette chose s'appelle Dieu, ou Jésus, ou Bouddha. Et de toute façon, l'idée me déplaît, je n'aime pas y penser.

Tu n'aimes pas y penser parce que tu n'as jamais essayé d'y penser vraiment.

Dieu est une invention humaine. Une autoconsolation.

Ce n'est pas parce que tu es athée que tu ne serais pas heureux si les choses avaient des raisons d'être.

J'arrive à être heureux même sans les connaître, ces raisons.

Peut-être que tu es tout simplement distrait.

On peut être distrait pendant une vie entière, d'ailleurs c'est la vie qui me distrait.

Tu verras, il t'arrivera d'être moins distrait, au moins une fois.

Elle m'énerve, ta... sagesse.

Ce n'est pas de la sagesse, c'est de l'expérience.

Tu n'as pas quatre-vingts ans non plus.

Non, et de fait, les questions fondamentales, même les enfants se les posent. Surtout les enfants. Quand est-ce que tu as arrêté ?

Je n'ai jamais commencé.

Tu penses que ce n'est pas important ?

Je pense que ce n'est pas utile.

Tu te sens réconforté, à l'idée que tout ce que nous avons est ici ?

La question n'est pas de se sentir réconforté ou non. Il s'agit juste de la vérité.

Une vérité sans preuves.

Oui, exactement comme la tienne. On n'a jamais prouvé l'existence de Dieu.

Son inexistence non plus. Et quoi qu'il en soit, Nino, écoute-moi. Je ne cherche pas à te convaincre de quoi que ce soit. Nous sommes simplement en train de discuter.

On pourrait croire que tu me lances un défi.

C'est cette pensée qui te défie, pas moi. Mais toi, tu ne lui accordes aucune place.

Pourquoi le devrais-je ? Je pense que si tu étais née en Égypte ou en Iran, tu serais musulmane, et que si tu étais née au Japon...

Voilà une manière quelque peu limitée de voir les choses. Et de toute façon, oui, j'en suis consciente. Mais cela ne retire rien à ce que je ressens.

Et donc ?

Donc rien. J'ai entendu, de mes oreilles, un type dire qu'il aurait été supporter de la Roma même s'il était né à Milan.

Il plaisantait.

Je ne sais pas. Même la non-croyance, dans certaines circonstances, devient une foi. Mais eux ne s'en aperçoivent pas. Les parents qui n'inscrivent pas leurs enfants à l'heure de religion, à l'école, m'ont toujours paru un peu obtus.

Après l'école élémentaire, je n'y suis plus allé, à l'heure de religion.

Tu avais peur d'être subjugué ?

Non, mais je ne supporte pas les prêtres, les religieuses, les évêques, les cardinaux. C'est plus fort que moi.

C'est un préjugé, et sans grand rapport avec ce dont nous parlons. Tu veux savoir quelle est la vraie différence, entre nous deux ? Tu es fier de ne pas croire, alors que je ne le suis pas de croire. La foi m'est nécessaire, un point c'est tout.

Mais le monde…

Tu veux dire le monde tellement chargé de douleur, tellement dominé par le mal, et cætera et cætera ? Le monde me semblerait encore plus atroce, si je n'avais pas la foi.

Je ne comprends pas comment, et en quoi, la foi peut t'aider.

À me sentir légère, mais pas à la manière du jeu ou de l'ironie. C'est comme se débarrasser d'une cuirasse très lourde.

J'ai toujours vu Dieu menacer de l'index. Je t'écoute, mais je n'arrive pas à te suivre.

Tu n'en as pas besoin. Je ne parle pas pour te convaincre. Tu penses que tous les croyants s'imaginent être en campagne électorale ?

J'en ai vu beaucoup se comporter de cette manière.

Eh bien, je ne fais pas partie de leur groupe.

Nous aurions peut-être mieux fait de ne pas aborder ce sujet.

Pourquoi ?

C'est comme la politique, on se met tout de suite à se disputer.

Nous ne sommes pas en train de nous disputer. En tout cas, moi je ne me dispute pas avec toi. C'est juste que, par moments, j'ai vu dans tes yeux autre chose que de la stupeur. On aurait dit de la pitié.

J'ai pensé la même chose.

Alors faisons comme ceci : aucun de nous deux n'éprouve de la pitié pour l'autre.

Alors faisons la paix.

Nous ne nous sommes pas disputés.

Faisons la paix quand même.

ON AURAIT CRU que vous jouiez au tennis avec les mots : concentrés, rageurs si nécessaire – inquiets de voir si vos coups réussissaient. En vous observant de l'extérieur, on aurait pu croire à une dispute, et d'ailleurs certains clients ont dû penser à un de ces règlements de comptes entre gens qui ne parviennent plus à s'aimer – la férocité travestie en calme glacial. Quand le bruit de fond a augmenté, vous avez instinctivement haussé la voix, après l'histoire du fromage laissé dans l'assiette, plus ou moins lorsque Teresa a demandé : tu te sens supérieur ? Les syllabes ont commencé à aller plus vite que les pensées, et ce qui, dans vos têtes, demeurait vague et confus, devenait net et péremptoire sur vos lèvres. Nino a répondu : pas du tout ; il aurait dû répondre : plus maintenant. Il s'est senti comme un super-héros aux pouvoirs hors service, tout occupé à découvrir le secret de ceux des autres. Quand Teresa a dit : Et quoi qu'il en soit, Nino, écoute-moi – voilà, à ce moment-là, ses yeux à elle ont brillé davantage : sereins, compréhensifs. Alors il lui a dit : On pourrait croire que tu me lances un défi, et pour la première fois peut-être, il a senti qu'il avait un mystère devant lui. Un mystère déguisé en jeune femme, et donc d'autant plus indéchiffrable, et oui, irritant aussi. Tu portes une robe courte et tu me parles de Dieu. Tes cheveux soyeux, brillants : tu les as relevés cent fois derrière ton oreille, et cent fois je suis mort de désir. Tu me parles de Dieu et tu as un physique éblouissant : ce serait intéressant de savoir combien d'hommes sont tombés amoureux de toi, tu ne donnes jamais l'impression de prêter attention à ta beauté, comme si elle ne te concernait pas, comme si elle n'était pas à toi.

Il aurait été prêt à descendre sous la table pour regarder ses jambes et chercher quel truc se cachait derrière ce tour de magie. Et tu sais quoi ? Il aurait voulu l'interrompre brusquement et lui dire j'aime, chez toi, ta façon d'être *adulte*. Ta tête aux mécanismes aussi sophistiqués que ceux d'une horloge, ses petites roues dentées, ses vis, ses pignons, ses leviers et ses anneaux, rien de plus énigmatique et de plus parfait, et on aurait certes pu assister à l'invention des allumettes et de la locomotive à vapeur, du réverbère à électricité, du téléphone, de la télévision ou du premier ordinateur, gros comme une table de chevet, rien n'aurait pu être plus stupéfiant que toi, ce soir, devant moi. Que la tête d'un être humain – d'ailleurs, n'était-ce pas là que tout était né, comme Athéna de la tête de Zeus, les allumettes et la locomotive à vapeur, le réverbère et le téléphone ?

Nino aurait donné dieu sait quoi – et cela ne s'était peut-être jamais produit – pour se sentir à l'aise à ce moment-là, devant cette jeune femme. Est-ce que, si nous étions habitués à exprimer nos pensées telles que les produisent les tempêtes neuronales, si nous étions toujours nus et transparents, tout serait plus facile ? Eh bien, elle lui aurait dit que de toute façon, nous croyons tous en quelque chose. Les extraterrestres. Les fantômes. Les complots. Le bracelet fétiche à l'entretien d'embauche. Les régimes miraculeux. Elle aurait ajouté que même Darwin, même Einstein – mais non, je ne veux pas jouer les professeurs. Lui, plus simplement, lui aurait dit : tu me plais. Je ne sais pas pourquoi, ce n'est pas une chose qu'on peut savoir, mais c'est comme ça, point final. Elle lui aurait dit : tu rends mes journées plus légères, je sors d'une période horrible et d'un sacré bazar mais je n'ai pas envie d'en parler, seulement voilà, il faut bien le reconnaître, quand je suis avec toi, j'y pense moins. Et pourtant elle lui a demandé, d'un ton rude, quand il avait arrêté de se poser les questions fondamentales. Je n'ai jamais commencé, lui a-t-il rétorqué avec un mélange d'orgueil et d'agacement. En réalité, son esprit n'avait jamais été aussi chargé d'interrogations que ce soir. Sur Dieu ? Non, et pas non plus sur l'origine de l'univers, les trous noirs ou l'antimatière. Des interrogations du genre : comment s'appellent tes parents, qu'est-ce qu'ils font dans la vie ? Quand est-ce que tu as échangé ton premier baiser ? Quand est-ce que tu as fait l'amour pour la première fois ? Comment c'était ? Combien de garçons est-ce que tu as eus ? Comment est-ce que tu étais, dans ton enfance ? Qu'est-ce que tu portes, comme lingerie intime ? Tu serais prête à faire un voyage avec moi, par exemple plus tard ? Quel genre de musique est-ce que tu écoutes ? Et les films ? D'un point de vue technique, son désir de connaissance était à son maximum. Mais même s'il lui avait vraiment posé chacune de ces questions, même si elle lui avait répondu point par point, il aurait juste effleuré le mystère. Il aurait mieux fait de lui demander : où étais-tu le dimanche 8 septembre 1996, la veille de ma première rentrée des classes ?

Lui encore enfant, elle déjà gamine, treize ans et un lis blanc à la main, habillée d'une tenue élégante pour la procession du village. C'est une matinée de la fin de l'été, il est presque midi, la chaleur est encore très forte au soleil, les vieilles agitent leurs éventails, un haut-parleur diffuse leur chant imparfait. *Lodate Diooo | genti di tutta la teeerra | cantate a Luiii | che tanto gli uomini amò*[1]… Mes bien chers frères, mes bien chères sœurs, dit le curé : il lit sur une feuille tapée à la machine, il trébuche sur les mots. Une femme à voilette sombre l'observe, compatissante, maternelle, les mains serrées autour de son rosaire – tortue minuscule arrivée à pas lents d'une autre ère du monde. Sœur Luigina regarde Teresa et la bénit des yeux : elle se souvient bien de sa première communion, elle avait été la meilleure, elle avait écrit au feutre, sur une feuille blanche : un jour vraiment important ! Elle n'arrêtait pas de soulever la petite frange qui retombait par-dessus le bord de ses lunettes, elle gardait presque tout le temps les mains jointes, elle ne les séparait que pour essuyer ses paumes moites et réajuster le tulle de sa robe, blanche comme celle d'une mariée. Tôt le matin, pour échapper au tourbillon du va-et-vient des membres de la famille – des gens très élégants qu'elle ne connaissait souvent pas même de vue, et qui exhibaient leur affection avec une familiarité suspecte –, elle s'était enfermée dix minutes dans sa chambre, elle avait créé un silence particulier autour d'elle et dans sa tête, un silence jusqu'alors inconnu. Elle s'était sentie seule, effrayée et heureuse, prête pour le rendez-vous avec l'invisible et pour celui avec la vie. C'était si beau, d'y croire autant : l'espace d'une heure, d'un jour. Ses tempes battent fort, sœur

1. Louez Dieuuu | peuples du monde entieeeer | chantez pour Luiii | qui a tant aimé les hommes… (*N.d.T.*)

Luigina, anxieuse, pousse Teresa vers l'autel au moment de l'offertoire. Quand elle est agenouillée – les paupières baissées, les mains refermées sur son visage comme une coquille –, Jésus est une ombre qui attend au fond d'un couloir. Trois ans plus tard, elle a appris à lui parler de plus près, sans un murmure, d'un silence à un autre.

Devant cette gamine, Nino n'aurait pas su quoi dire. Il n'aurait peut-être même pas daigné la regarder – son appareil dentaire, ses petits seins en pointe sous sa chemise. Mais elle aurait peut-être été la seule à pouvoir lui expliquer – avec des mots infiniment plus simples, et justes, que ceux de la Teresa d'aujourd'hui – ce qu'elle éprouve en priant. Les gestes, ça c'est facile, il suffit d'entrer pour la première fois dans une église, il suffit de ta grand-mère : elle s'assied, tu t'assois, elle s'agenouille, tu t'agenouilles, elle se frappe la poitrine, tu te frappes la poitrine, tu ouvres les yeux quand le carillon sonne, tu vois l'hostie que le prêtre soulève, tu vois ta grand-mère, les articulations des mains sur le front, pas triste mais sérieuse, très sérieuse, concentrée, comme sur les lettres de la banque, plus encore, sûre de ne pas pouvoir tout comprendre, figée comme en classe de CE2. Tu la regardes encore un moment, puis tu plisses à nouveau les yeux, fort, en continuant à te demander quelles phrases elle chuchote, quels noms, quand elle prie, et maintenant tu fais comme elle, tu pries, voilà, c'est comme faire le vide tout autour et descendre en soi, Teresa à l'intérieur de Teresa, vers le centre du cœur de Teresa. Ta grand-mère ouvre la coquille formée par ses mains, elle se lève, tu te lèves aussi, tu n'as rien demandé de précis à Dieu, hormis, de tout ton être, d'exister, ça oui : et tu l'as demandé surtout pour elle, pour ta grand-mère, pour cette foi inébranlable, muette mais solide, devant les deuils, les maladies, devant tout, son mari qui jurait de temps en temps, putain mais qu'est-ce que t'as à prier, et elle ne lui répondait pas, elle restait silencieuse, elle avait cette expression, non, pas vexée, seulement triste, déçue, que Teresa ne pourra jamais oublier.

IL FAUDRAIT CHAMBOULER tous les calendriers, ce qui ne va pas de soi, pour synchroniser vos treize ans : le matin où Nino les a, il y a, étendue au sol sous la table de la cuisine, une bicyclette agrémentée d'un pompon et d'un billet attaché au guidon, il sourit, remercie et espère qu'il s'agit là de l'annonce implicite d'un scooter pour l'année prochaine. Teresa est sur la planète très éloignée des vingt ans, elle donne un coup de main au camping scolaire estival, cela fait six ans qu'elle ne porte plus d'appareil dentaire et qu'elle a embrassé un garçon pour la première fois. C'est lui qui avait insisté, elle s'était contentée de fermer les yeux, sans même tendre les lèvres, une expérience rapide et sans saveur. Son histoire la plus longue a duré deux mois : après son vingtième anniversaire, il lui a semblé légitime d'essayer, sans trop de conviction, rien de plus que des promenades main dans la main le samedi après-midi sur la grand-rue, quelques baisers et puis des explorations anatomiques, enfermés dans une voiture. Mais jamais trop, jamais jusqu'au bout. Pour Nino, les filles sont une abstraction de l'esprit, elles ne se concrétisent que sous l'aspect de corps dans l'espace environnant, définis par les leggings qu'elles portent avec une précision qui le met parfois mal à l'aise. Il conserve encore en lui, vivante, la sensation provoquée par la première goutte de sperme, voilà un an qu'il réessaie, jusqu'à deux ou trois fois de suite, comme pour contrôler le fonctionnement d'un système hydraulique sans cesse mis à l'épreuve. À l'école, ses résultats ne sont pas terribles : il a beau faire le clown pendant des heures, la sonnerie qui annonce la dernière a le son sinistre d'une menace. Il rentre chez lui, où il n'y a personne, il déjeune en toute hâte devant la télévision, il se jette sur son lit, il empoigne le joystick de la PlayStation et son propre pénis d'un geste tout aussi rapide dans les deux cas, il ne se met à ses devoirs qu'à l'heure du dîner, et il ne les finit jamais. Sa mère lui pose des questions, il ment, elle n'insiste pas, elle n'a pas envie de se faire rembarrer. Son père ne se manifeste qu'une ou deux fois par mois, sous la forme d'un quatre-quatre qui attend à la grille, Nino monte à bord, ils font toujours la même balade en écoutant des variations de jazz à volume très haut sans rien se dire, ils mangent au McDonald's et c'est seulement là, la bouche pleine, qu'ils expriment toujours les mêmes réflexions, à quelques variantes près, sur le futur proche. Nino a cessé depuis peu d'apparaître à l'écran du téléviseur que son grand-père lui avait bricolé pour ses spectacles domestiques. Ces deux dernières années, il a vu changer le regard que les autres posent sur lui, il a vu se dissiper l'attention bienveillante accordée autrefois à ses mises en scène. Il s'est senti ridicule, et seul. Maintenant, il ne retrouve plus le moindre signe d'un intérêt sincère chez les adultes qui l'entourent, il ne sait pas comment vérifier son existence et en quoi, il aurait besoin de parler à quelqu'un, à quelqu'un pour de bon, qui ne poserait pas de questions, comme le public de son émission imaginaire, en laquelle il ne croit cependant plus. Il lui suffirait donc de croiser à peine, à ce moment-là, une fille comme Teresa à l'âge de treize ans, pour trouver le même regard compréhensif qu'elle accordera, quelques années plus tard, à Zannoni, ce pauvre marginal avec ses sandwiches aux légumes, la même capacité à t'écouter comme une mère et à te faire pleurer sans honte, comme une sœur. Mais c'est seulement avec sa tête d'aujourd'hui que Nino serait en mesure d'atteindre une petite vérité essentielle à lui communiquer, à savoir que se donner en spectacle, s'exhiber, est une manière comme une autre de demander de l'amour. Le gamin de treize ans ne pourrait demander à la gamine de treize ans que de le prendre dans ses bras, d'un geste fort et chaste, pur, qui dise tout sans rien dire, d'un silence à un autre, comme une prière.

DIFFICILE, par conséquent, de préciser quel âge ont réellement Nino et Teresa ce soir, maintenant qu'ils s'apprêtent à se dire au revoir et que nous sommes déjà lundi, qu'ils sont sûrs de se revoir dans quelques heures, ce qui, pour des raisons qui commencent à être claires, les réconforte. Il leur est resté beaucoup d'autres mots au bord des lèvres, leur confrontation les a électrisés, exténués, la tension a monté peu à peu, comme celle qui déchaîne en ce moment un orage, la pluie devient plus insistante, les éclairs illuminent un coin sombre de la via Fratelli Bonnet. Lorsque Teresa dit : faisons la paix quand même, elle ajoute un sourire, le plus large possible, et alors Nino lui sourit à son tour, pour une fois sans prudence, sans ironie, sans défense, et il lui dit : allez, donne-moi un baiser. Elle se lève comme pour s'en aller, elle prend son sac et son téléphone sur la table, elle s'approche de Nino en lui tendant la joue, il a le temps de penser qu'il n'a jamais été aussi près d'elle depuis qu'il la connaît, aussi près de ce résidu néonatal qu'est le lobe d'une oreille humaine. Il a aussi le temps de penser qu'il n'en a jamais rien eu à foutre, de Dieu et de toutes ces histoires, mais que ce soir c'est différent, tout parle, tout bouge, tout chavire, et c'est peut-être bien l'alcool, l'euphorie, la prise de risque qui le pousse à déplacer les lèvres vers ses lèvres à elle, si elle détourne la tête peu importe, pense-t-il, essayons toujours, et c'est beau, stupéfiant, miraculeux, qu'elle ne détourne pas la tête, imprévu et attendu, comme n'importe quel geste qui est aussi un geste d'amour. Et impossible de dire si c'est un jeune homme de vingt ans et une jeune femme de trente qui s'embrassent, à côté de la table, pendant cette durée infime et immense que peut être une poignée de secondes, si ces secondes ne sont rien de plus, si tout cela ne s'est pas déroulé en secret, mais ici, dans un restaurant, près du mur de gauche, entre les toilettes et la cuisine, là où personne ne pourrait deviner qu'un baiser si bref et si pudique est le premier ; il serait plus facile d'imaginer que ce baiser était purement formel, ou encore un cessez-le-feu, si ce dialogue dense et tendu avait été la dispute qu'il semblait être. Pourtant, c'est bien le premier baiser et il fait trembler, il rend muet et abasourdi et stupide, il sème la confusion, on ne sait plus à qui sont les lèvres de qui, et les corps en général, et les années. Car en cette nuit de février si humide, si électrique, de l'année 2013, il peut arriver qu'un tel baiser donne à ceux qui l'échangent la sensation de s'embrasser aussi à reculons dans le temps : à l'époque obscure et ignorante où il était impossible ne fût-ce que de soupçonner que l'autre existait – à une latitude pourtant pas si éloignée – et, sans le savoir, attendait.

LE LENDEMAIN MATIN, le monde a changé même s'il est resté identique, y compris la pluie. Nino est sorti tôt de chez lui, il a pris son petit déjeuner dehors – tendu, nerveux, convaincu qu'il aurait pu demander n'importe quel journal au premier kiosque venu, il aurait lu de toute façon ce titre, sur cinq colonnes à la une : ILS SE SONT EMBRASSÉS.

Il n'y a pas de nouvelle plus importante que celle-là, que cette façon mystérieuse et rapide dont un événement, jamais jugé imminent jusque-là, s'est creusé sa part de temps et d'espace. Tu mets tes écouteurs et chaque chanson arrive à ton oreille comme si elle avait été écrite une minute plus tôt, comme si elle était au courant, pour toi, pour vous, pour votre avenir potentiel. Nino n'a pas eu le courage de lui envoyer un message : il a tout remis au moment où, ce soir, il la verra à la sortie du théâtre. Je n'arrête pas de penser à toi – voilà ce qu'aurait été la phrase, elle a tourné dans sa tête heure après heure, accompagnée du soupçon que pour elle… D'un autre côté, dans ce genre de cas, il faut se faire confiance, se fier à ses sensations, a-t-il pensé, et il a repris courage, prêt à affronter la journée qu'il avait devant lui.

Il est allé chez Tommaso, il s'est jeté sur le divan en riant. Place des géraniums ! Place des géraniums ! Il l'a hurlé à nouveau sans raison, comme une phrase rigolote et magique. Putain mais qu'est-ce que t'as à rire ? T'as l'air d'un vrai débile, lui a dit Tommaso. Je le suis, je n'y comprends plus rien. C'est à cause de l'autre, là ? Oui, je l'ai embrassée. J'y crois pas. Juré. J'y crois pas. C'était comment ? Rapide. Et… ? Et rien. Quand est-ce que tu la revois ? Ce soir. Vous vous êtes écrit ? Non. Elle t'a pas écrit ? Non, et moi non plus. C'est mauvais signe ? Je sais pas. Place des géraniums ! L'exclamation ressemblait au cri d'un ivrogne. T'es complètement ouf toi,

Place-des-géraniums, allez, au boulot. Nino a eu du mal à se concentrer, à trouver un critère pour le montage des fragments incohérents de son dernier film. Presque tout le temps, Tommaso a dû lui répéter deux ou trois fois les mêmes questions : et si on alternait la grand-mère qui pétrit les *pappardelle*, en accélérant les images sur de la musique de *dancefloor*, avec la procession, sur un rythme très lent ? Nino ? Nino ? Qu'est-ce que tu en penses ? Je trouve que ce serait une connerie, a-t-il répondu. OK, a dit Tommaso, je crois que ce n'est vraiment pas le jour. Non, ce n'est pas le jour, a confirmé Nino pendant que son copain refermait la fenêtre du logiciel de montage. Attends. Hein ? Je vais me concentrer. D'accord, on réessaie. Lorsque le photogramme où lui-même importunait un petit vieux édenté assis sur une place lui est passé pour la seconde fois sous les yeux, Nino a explosé : quel couillon. Quel couillon, a-t-il répété en se regardant sur l'écran du Mac comme sur un miroir déformant. À chaque phrase incompréhensible de ce petit vieux de Casaprota, il écarquillait les yeux. C'est qui, le couillon ? Moi, moi, rien que moi. On peut savoir ce qui te prend, aujourd'hui ? a demandé Tommaso, cette fois-ci sur un ton dur. Je ne sais pas, a répondu Nino en se frottant le visage comme un enfant encore ensommeillé. Il n'aurait pas su traduire en mots le mécontentement de lui-même qui avait soudain grandi en lui – une confusion totale, et au milieu, immobile, la pensée de Teresa. Le reste volait, affolé.

DES QUESTIONS, encore des questions. La plus sinistre se référait même à la saison historique – il l'avait à l'époque archivée sous cette étiquette – du théâtre Orologio.

Les brochures vous brûlaient presque entre les doigts, les signes tracés sur le plateau racontaient une histoire de pieds auxquels il fallait ajouter les vôtres, l'odeur de renfermé, d'humidité, de sueur et de tabac formait le microclimat qui vous assaillait dès la première marche des escaliers. Et il y avait, dans tout ça, quelque chose d'excitant et de sordide : le théâtre, là, n'avait rien à voir avec les salles élégantes et nobles où l'on mettait en scène un énième Shakespeare à l'intention de vieilles dames somnolentes. C'était une cave et un repaire, un espace souterrain secret qui engloutissait, à neuf heures du soir, des ambitieux de vingt ans accompagnés de leur cour d'amis et de leurs parents. Des jeunes filles qui venaient de quitter de longs apéritifs, belles et sensuelles, étaient prêtes à affronter l'avant-garde avec la même inconscience que les oncles de ceux qui étaient sur scène. Et elles étaient capables, comme eux, de dissimuler derrière un sourire leur embarras et leur perplexité, si quelqu'un leur demandait : alors, ça vous a plu ? Mais exprimer un jugement était tout sauf facile, quand on les avait devant soi, l'acteur qui, sur scène, avait émis des sons gutturaux inquiétants, l'actrice qui avait fait semblant de se masturber en gémissant, le metteur en scène exténué, en nage, qui avait orchestré cette orgie de corps et de sons dénuée de sens. Il y avait des grands-mères traînées là de force, qui repartaient sans avoir compris un seul mot, ni – par chance – lequel de ces personnages rangés dans la pénombre, en caleçon, était leur petit-fils.

Les applaudissements étaient libératoires mais n'avaient rien de sincère, ils éclataient souvent à contretemps, interrompaient un long silence inspiré. La satisfaction ne venait cependant pas de là, pas des battements de mains : elle résidait dans la complicité muette des embrassades en coulisses, les dîners tardifs, les débats enflammés par les liqueurs et l'amour-propre, que la vie future aurait beaucoup de mal à nourrir autant. Les illusions étaient en lieu sûr, et elles ne portaient d'ailleurs pas ce nom, une affiche où le sien resplendissait suffisait à chacun pour avoir des certitudes.

Maintenant, celles de Nino sont ébranlées : par la pensée de Teresa en qualité de spectatrice – et pas seulement d'un spectacle en particulier, mais de celui de toute cette partie de sa vie. C'est une projection à rebours, c'est le passé qui change de signe, si Teresa apparaît au milieu du public, à l'entrée du théâtre ou bien à un dîner. Ses yeux rendent Nino moins sûr de lui, défectueux ; il pense désormais avec un certain embarras à la manière dont il se laissait amadouer par des gamines qui n'avaient rien d'important à lui dire – elles tourmentaient des miettes de pain ou des coins de serviettes en papier, tout en répétant : tu en as une jolie voix. Lui les laissait continuer, il souriait. La soirée se terminait en voiture, il les laissait le prendre dans leur bouche, il les raccompagnait chez elles.

IL AVAIT CONNU PLUSIEURS ACTRICES, sans tomber amoureux d'aucune. Elles étaient bizarres, maigres et nerveuses. Sur scène, leurs visages étaient sujets à d'incroyables transformations ; leur corps – si exposé, abandonné, indifférent à lui-même – perdait sa sensualité et avait ensuite du mal à la retrouver à la ville. Il était arrivé à Nino de se laisser prendre par la main, de se retrouver dans leur chambre à les regarder pleurer après l'amour – comme ça, pour rien, elles se recroquevillaient sur un côté, encore nues, et elles pleuraient. Mais qu'est-ce que tu as. Rien, je n'ai rien. Tu pleures. Ce n'est rien. Elles s'attendaient à ce qu'il les prenne dans ses bras, par-derrière, à ce qu'il les rassure et les réchauffe. Il n'en avait pas envie. Il regardait le plafond pendant un certain temps, la pièce sans lumière – des tas de vêtements sur les sièges, des livres et des DVD en désordre –, puis il se rhabillait. Convaincu par l'une d'elles, il s'était rendu disponible pour faire partie de la scénographie d'un spectacle intitulé *Coño,* l'équivalent espagnol de « chatte », au sens figuré : sans prononcer la moindre réplique, il se tenait sur le plateau déguisé en transsexuel et se promenait pendant toute la durée de la pièce le long d'un mur, tout au fond du décor. Mais il se sentait encore plus mal en repensant à des textes tout simplement stupides, une daube qui suscitait chez le public des rires faux quelque peu hystériques, un comique qui, dans les intentions des dramaturges, était censé rivaliser avec le comique lourdingue du cinéma commercial, et qui réussissait même à être encore plus crétin. Nino jetait sur tout cela un regard nouveau qui n'était pas le sien, aussi réprobateur que celui de Dieu, un dieu nouveau-né – éblouissant, impitoyable – au culte duquel il ne pouvait pas et ne voulait pas se soustraire.

LES RÉPÉTITIONS NE SE PASSAIENT PAS TROP BIEN. Il y avait encore de gros problèmes avec la cinquième scène du premier acte – cinq répliques en tout. Luciana, improvise ou change un peu le texte si tu veux, mais ne t'arrête pas ! Quand tu dis : j'entends madame qui vient, baisse la voix, c'est presque un murmure, tu dois avoir un air de complicité avec Dorante. Dorante, alias Giancarlo, s'en est aussitôt mêlé pour donner son opinion, à savoir que Marton, alias Luciana, aurait presque dû le pousser en coulisses lorsqu'elle disait : ayez la bonté d'aller un moment sur la terrasse. Nino a laissé courir, il a attendu la seconde intervention hors de propos pour rappeler à M. Giancarlo qu'il n'avait pas besoin d'un assistant à la mise en scène. Luciana, écoute, tu as deux répliques d'une importance capitale dans cette scène si courte. Il faut bien faire ressortir la question que tu poses à Dorante : votre amour me paraît bien prompt, sera-t-il aussi durable ? Et puis l'autre réplique, articule-la bien, et mets-y une pointe de malice : J'admire le penchant dont on se prend tout d'un coup l'un pour l'autre.

C'est Dubois qui s'en sortait le mieux. Nino n'avait pas accordé beaucoup de crédit à M. Mario Menna, qui pourtant – timide et silencieux – se révélait être un excellent interprète du valet paresseux. Il prenait une voix de fausset, juste assez naturelle pour ne pas sonner faux, et soulignait par des gestes les répliques les plus déclamatoires. Quand il a dû décrire à Araminte l'amour que Dorante éprouve pour elle, il a été impeccable : Il vous adore ; il y a six mois qu'il n'en vit point, qu'il donnerait sa vie pour avoir le plaisir de vous contempler un instant. Vous avez dû voir qu'il a l'air enchanté, quand il vous parle. Parfait, monsieur Mario, parfait ! Et tandis que Mario Menna gesticulait, Nino le regardait et se disait que oui, cela faisait justement six mois qu'elle faisait partie de sa vie, et que oui, hélas ! Madame, ce fut un jour que vous sortîtes de l'Opéra, qu'il perdit la raison… il vous vit descendre l'escalier, à ce qu'il me raconta, et vous suivit jusqu'à votre carrosse ; il avait demandé votre nom, et je le trouvai qui était comme extasié, il ne remuait plus.

Arlequin ne se débrouillait pas mal, lui aussi : aidé par une légère surdité à l'oreille droite, M. Renzo semblait parfois vraiment ne pas comprendre les ordres que lui donnait Mlle Marton. Et de fait, il arrivait à Luciana de répéter sa réplique, quand elle n'était pas certaine qu'Arlequin-Renzo l'ait entendue. Tu es bien sot ! Quand je t'envoie quelque part, ou que je te dis : Fais telle ou telle chose, n'obéis-tu pas ?... n'obéis-tu pas ? Toujours, a enfin répondu Arlequin – et cette hésitation paraissait étudiée, elle rendait le personnage tel qu'il devait être, obtus. Bien, ça suffit pour aujourd'hui, a dit Nino en battant des mains, et il n'était pas entièrement satisfait, et ça se voyait, et Araminte, alias Laura Perrotta, s'en est aperçue, elle s'est approchée de lui, elle lui a dit : ne t'inquiète pas, tout finira par s'arranger. Il a souri, il avait besoin d'être réconforté, comme Dorante avec Dubois quand il se décourage : Et tu crois qu'elle fera quelque attention à moi, que je l'épouserai, moi qui ne suis rien, moi qui n'ai point de bien ? DUBOIS Point de bien ! Votre bonne mine est un Pérou : tournez-vous un peu que je vous considère encore : allons, monsieur, vous vous moquez, il n'y a point de plus grand seigneur que vous à Paris. Voilà une taille qui vaut toutes les dignités possibles, et notre affaire est infaillible, absolument infaillible ; il me semble que je vous vois déjà en déshabillé dans l'appartement de Madame. DORANTE Quelle chimère ! DUBOIS Oui, je le soutiens. Vous êtes actuellement dans votre salle et vos équipages sont sous la remise... et vous l'aimez ? DORANTE Je l'aime avec passion, et c'est ce qui fait que je tremble. DUBOIS Oh ! vous m'impatientez avec vos terreurs : eh que diantre ! un peu de confiance ; vous réussirez, vous dis-je... Quand l'amour parle, il est le maître, et il parlera : adieu, je vous quitte ; j'entends quelqu'un...

C'est précisément de ça qu'il aurait eu besoin, d'un peu de confiance. Sur tous les fronts. Mais rien à faire : après avoir quitté le costume de Dorante et remis celui de Righi Giancarlo, l'élève le plus pénible s'est approché de Nino pour une énième protestation. Nino a explosé : Si tu as des remarques à faire sur le déroulement du spectacle, fais-les à voix haute devant tout le monde, pas à l'oreille de Laura. Je n'ai pas de remarques à faire. Je me suis aperçu que tu n'es pas satisfait de la manière dont nous jouons. Ce n'est pas ce que j'ai dit. Laura est restée silencieuse, mortifiée. Luciana a déclaré : je ne prends parti pour personne, mais si tu n'aimes pas notre façon de jouer, il faudrait nous le dire. Il faut nous le dire, s'est-elle corrigée.

Nino s'est senti assiégé, il tenait les yeux baissés, il a avalé sa salive, il allait réagir quand Giancarlo en a rajouté une couche : on paye, nous, pour suivre ce cours ! Alors, Nino n'a même pas compté jusqu'à dix, même pas jusqu'à trois, et il l'a envoyé se faire foutre. Il a tourné les talons, il est parti sans dire au revoir à personne. Dehors, sur le trottoir, il n'a pas vu Teresa, il l'a cherchée des yeux, à droite, à gauche, personne. Il a pensé que certaines journées restent fidèles à elles-mêmes, elles sont merdiques de bout en bout, et il s'est éloigné au pas de charge.

AVANT DE S'INTERROGER à fond sur l'absence de Teresa, de déterminer s'il fallait l'attribuer à de l'embarras, à un revirement, à un simple imprévu, de choisir l'attitude à adopter, il a employé son énergie mentale à maudire Righi Giancarlo et les connards comme lui – les vieux. Il n'a même pas été effleuré par l'idée que sa sortie inopportune pourrait avoir des conséquences, il s'est précipité sous la douche et il a laissé couler, en même temps que l'eau, ses pensées les plus mauvaises, les plus cruelles. C'est moi qui irai à ton enterrement. En une minute, il a réussi à regretter non seulement d'avoir accepté de diriger ce cours, mais encore d'être revenu de Londres, et tout le reste. Et Teresa ? Non, il ne pensait pas à elle à ce moment-là, la colère le troublait à tel point qu'il en aurait donné des coups de poing au mur. Mais qu'est-ce qui lui avait pris, de se consacrer à un groupe de septuagénaires qui, pour lutter contre la dépression, s'en remettaient au théâtre ? Quel sempiternel emmerdement, de toujours les entendre parler comme s'ils venaient de débarquer d'une autre époque. Ils regardent autour d'eux comme s'ils avaient été invités par une organisation d'extraterrestres à relever, dans le présent, les différences par rapport au passé, le leur, et à les faire remarquer. Sur un ton à mi-chemin entre la menace et la plainte. Putain, mais vous voudriez quoi ? Qu'est-ce qui vous contrarie autant ? De devoir mourir ? Résignez-vous. Il attribuait à une forme d'envie insensée leur bougonnement incessant, leur souffle catarrheux qui glaçait le monde environnant et leur enthousiasme – les hérauts de l'apocalypse imminente. Voilà, c'était ça : l'envie causée par le temps que quelqu'un d'autre a devant lui.

Sur son téléphone, il n'a trouvé aucune nouvelle de Teresa, mais quatre appels en absence – et c'était moi. Je lui ai dit que je savais, que j'avais été informée de son comportement à la fin du cours. Et que je trouvais absurde – surréel, voilà le mot que j'ai employé – de devoir lui rappeler, comme à un gosse de douze ans, qu'il n'avait pas le droit de manquer de respect à un vieux monsieur : et pas seulement à cause de son âge, mais aussi parce qu'il est là pour suivre un cours dont tu es responsable, un cours pour lequel, et tu le sais très bien, tu es payé. Je suis très déçue, ai-je ajouté, j'en suis presque à regretter de te l'avoir confié, ce cours. Tu n'as rien à regretter, a-t-il répondu d'une voix sombre et méchante, pour moi, l'expérience s'arrête là. Bravo, lui ai-je rétorqué, bravo pour ta maturité, Nino. Tu en montres vraiment beaucoup. J'espère que lundi prochain, quelle que soit ta décision, tu viendras au moins t'excuser. Et encore une chose : je m'attendais à tout, aujourd'hui, mais pas à devoir m'occuper d'une histoire pareille, j'ai eu une journée déjà assez fatigante par ailleurs. Moi aussi, a-t-il dit. Peut-être, mais sûrement pas autant que la mienne. Tu étais où ? a-t-il demandé. Nous sommes allées faire des examens médicaux. Pour qui ? Sa voix a monté d'un ton, anxieuse. Pour moi, pour moi, ne t'inquiète pas.

EN UNE SEMAINE, pensait Teresa, en une seule stupide semaine, à la masse bouleversante de faits survenus très loin, et par conséquent imperceptibles depuis l'endroit de la planète où elle se trouvait – un tremblement de terre de magnitude 5,5 sur l'échelle de Richter dans une zone rurale du Yunnan, au sud-ouest de la Chine ; des tempêtes de neige au nord des États-Unis ; une avalanche dans le Touva, en Sibérie, qui avait emporté et enseveli cinq jeunes gens ; le rassemblement de millions de pèlerins pour le rite de purification dans le Gange, à Allahabad, en Inde –, à tout cela, il fallait ajouter la scène que Nino lui avait faite, les résultats de mes examens, qui rendaient nécessaire et urgente une radiothérapie de *ma* jambe droite, et l'élection d'un nouveau pape. Annoncée, à la différence des autres événements, par un son de cloches nettement perceptible jusque sur le viale Giulio Cesare. Après avoir fermé l'agence, Teresa s'est dirigée d'un pas rapide vers la place Saint-Pierre, excitée, joyeuse. C'était, pour elle, une première fois. Et pour la première fois peut-être, justement, elle a senti qu'elle faisait partie de cette ville, de la foule qui courait, au sens propre, vers la colonnade du Bernin, la place déjà bondée, la troisième fumée avait été la bonne, blanche, mais pas tout de suite, elle avait l'air noire, et pourtant elle était blanche, très blanche et vaporeuse, un nuage qui s'échappait de la cheminée, les gens se sont mis à hurler, à applaudir, à prendre des photos, à agiter leurs parapluies, à les refermer, à sauter, à rire, à pleurer, à gesticuler, à secouer leurs drapeaux – sept heures du soir, un après-midi de la mi-mars, deux papes en même temps.

Teresa a réussi à se frayer un passage dans un corridor latéral, sur la droite quand on regarde la façade éblouissante de la basilique, elle est arrivée juste avant qu'un cardinal maigre et souffreteux ne martèle ces mots : *Habemus papam*. On n'a pas bien compris son nom, mais on a compris qu'il avait choisi, comme pontife, celui de François. Six hommes en costume-cravate ont déroulé, du haut de la loggia, un drap aussi grand qu'un tapis, et le rideau rouge s'est enfin ouvert pour laisser apparaître, derrière une croix, l'homme vêtu de blanc, on a entendu la musique d'une fanfare, c'était l'hymne italien, au milieu des cris et des applaudissements, on a entendu les premiers mots, qui ont été : mes frères. Puis, un mot si simple, si familier – bonsoir –, a ricoché sur les têtes de tout le monde et a produit de la stupeur, comme si on venait de le créer. De son accent joyeux, sud-américain, il a dit le

Notre-Père en trébuchant sur quelques syllabes, il l'a dédié à l'autre pape, et ensuite il a dit l'Ave Maria, en trébuchant à nouveau, le Seigneur est *avec tu*… Prions toujours les uns pour les autres, pour le monde entier, a-t-il dit à voix basse.

Et dans le silence incroyable, majestueux, qui a suivi sa demande à la fois douce et péremptoire – priez pour moi – Teresa a senti que c'était possible, de prier les uns pour les autres, entre inconnus, et de prier pour le monde entier, de l'enserrer dans son esprit comme la colonnade les enserre, elle et cette foule, elle en qualité de partie d'un corps plus large, elle dans la somme des milliers de corps à côté du sien, qui recommencent à s'agiter comme sur les gradins d'un terrain de football. Fran-çois, Fran-çois. Teresa a serré des mains, elle a baissé le nez vers des index, elle s'est émue, tandis qu'elle sentait son moi, si elle pouvait encore l'appeler ainsi, se dissiper sans pour autant s'annihiler, sur un horizon plus vaste. Et tout ça était vrai, tout ce qu'elle ressentait était vrai, ce n'était pas une illusion, ce ne pouvait pas l'être, l'élan, l'émotion indicible, le tourbillon des pensées ; elle s'est demandé ce que pouvait éprouver l'homme habillé en blanc, ce qu'il éprouvait à cet instant précis, et elle n'a pas réussi à l'imaginer, elle a juste eu la sensation d'un nœud à l'estomac, elle s'est souvenue de l'autre élection : c'était en avril, la pluie venait de cesser, une trouée de lumière claire, au-dessus de la coupole, avait envahi l'écran du petit téléviseur de sa grand-mère et le salon, Teresa s'est rappelé qu'elle avait jugé arriérées de nombreuses prises de position du cardinal allemand devenu pape, mais qu'elle avait en revanche trouvé très beau son discours aux funérailles de son prédécesseur. Le vent emportait tout, même les barrettes des évêques et des cardinaux, il feuilletait avec une aimable furie les pages de la Bible ouverte sur le cercueil en bois, tandis que le vieux cardinal parlait de Karol, le jeune étudiant passionné de poésie, de littérature et surtout de théâtre, qui travaillait dans une usine chimique où il avait entendu la voix du Seigneur : Suis-moi ! Suis-moi, dit Jésus ressuscité à Pierre. Le vieux cardinal le répétait presque à chaque phrase, trois, quatre, cinq, six, sept fois : Suis-moi !

LE LENDEMAIN MATIN, Teresa a organisé un voyage en Namibie pour un groupe de sexagénaires, trente jours comprenant la traversée des dunes de sable du Sossusvlei, considérées comme les plus hautes du monde. Elle a ajouté la Namibie à la liste mentale des lieux que, selon toute probabilité, elle ne verra jamais. Les derniers de la liste, toujours inspirés par les voyages des autres, sont, par ordre chronologique : la cascade la plus impressionnante d'Europe, à Dettifoss, en Islande ; un autre désert, celui de Gobi, peuplé de chameaux sauvages ; la Grande Muraille de Chine. Teresa est restée fascinée devant la page 18 d'un dépliant sur Pékin et Shanghai : voyage en pension complète, hébergement à l'hôtel Grand Mercure Beijing Central, un quatre-étoiles équipé de salles de sport et d'un spa, et au Central Hotel, un autre quatre-étoiles doté d'un institut de beauté, quatrième jour consacré à une excursion dans les environs de Pékin et à la visite de la Grande Muraille, banquet le soir au célèbre restaurant Quanjude, où sera servi, entre autres, le très réputé canard laqué de la maison.

Pendant sa pause déjeuner, Teresa a eu l'idée d'appeler Nino, sans bien savoir si elle commencerait par des reproches pour son attitude au cours de théâtre, par des explications sur mes examens médicaux et du même coup sur son absence de lundi, ou bien encore par la description de l'émotion qu'elle avait ressentie place Saint-Pierre. Seulement, aurait-il compris ? Le téléphone a sonné dans le vide. C'est Nino qui a ensuite donné signe de vie sous la forme d'un message, quelques heures plus tard : excuse-moi, j'ai trop d'emmerdements, je te rappelle. Il n'a pas rappelé. Elle a pris le risque de le faire, et l'a aussitôt regretté : voyons-nous, si ça te dit, on pourra parler.

LA CONVERSATION A EU LIEU le soir même ; elle s'est accompagnée d'une anxiété qui avait grandi en chacun d'eux heure après heure, comme si un rendez-vous pris à la dernière minute et presque par hasard était devenu, dans vos têtes, décisif et fatal. Nino avait glissé de la mauvaise humeur la plus sombre à une angoisse intermittente, un trac d'étudiant avant un examen, une incertitude mêlée à de l'excitation. Il était flatté que la proposition soit venue d'elle, il ne s'y attendait pas. Teresa avait été à plusieurs reprises sur le point de faire marche arrière, de lui écrire qu'elle avait eu un contretemps ; elle ne l'a pas fait, elle s'est changée à toute vitesse, il devait passer la prendre en bas de chez elle avec la fameuse Panda, elle est descendue en avance et, pendant qu'elle l'attendait, elle est retombée en proie au doute. Je connais un endroit où ils font de bons paninis, au Pigneto, ou bien un autre où ils font des muffins salés, il vient d'ouvrir, sur la via Ostiense, mon préféré est celui à la pancetta et aux courgettes. Vous avez joué une gaieté qui est devenue authentique en dix minutes, et qui s'est évaporée dix minutes plus tard – lorsque Teresa a évoqué l'incident au cours de théâtre. J'espère que tu plaisantais, quand tu as annoncé à ma tante que tu avais décidé de laisser tomber. Elle l'a dit sur un ton froid, accusateur. Je n'ai signé aucun contrat à vie, a-t-il répondu d'un air brusque. Tu as tout simplement pris un engagement, il serait peut-être correct de le respecter jusqu'au bout. Ce n'est pas ton problème. Je te dis ce que je pense. Vous avez échangé un regard hostile, irrité, le silence a peu duré, jusqu'au moment où Teresa a ajouté : ce serait très décevant. Quoi ? Tout serait très décevant. Il faut que j'y réfléchisse, a marmonné Nino, les yeux baissés sur une moitié de muffin et l'appétit coupé. Pas besoin de réfléchir beaucoup, il reste deux mois avant la fin du cours, tu trouves que ce serait un effort insurmontable ? Je n'ai plus envie. On croirait entendre un gamin. Je peux me permettre des phrases de gamin, de temps en temps ? Comme tu voudras. Pardon d'être plus jeune que toi. Teresa n'a pas répondu, elle a levé les yeux au ciel, il lui a dit : OK, excuse-moi, je suis nerveux. Moi aussi, mais je n'ai pas l'intention de me disputer avec toi, j'essayais juste de te faire comprendre que tu te trompes. Ah parce que tu ne te trompes jamais, toi ? Si, il m'arrive et il m'est souvent arrivé de me tromper, mais… D'accord, j'ai compris. Non, tu n'as pas compris, je veux simplement te donner un conseil, rien de plus, je pense que ce serait tout à fait stupide. Oui, c'est vrai, peut-être, mais au bout du compte, qu'est-ce que ça change ? Oh, rien, pour ta carrière rien, ces pauvres vieux n'ont aucune influence sur elle. Je ne parlais pas de ma carrière, mais de manière générale. Eh bien, Nino, d'une manière générale, d'une manière générale tu te comportes comme un petit con, ça te va ? Je ne suis pas le seul. Tu veux te lancer dans une compétition ? une compétition avec des gens qui ont le triple de ton âge ? Non, ce n'est pas ça, c'est juste que j'aime plus ça.

« J'aime plus ça »... encore une phrase de gamin, on la prononce à propos des devoirs à la maison ou des légumes dans son assiette, mais quand on a dix ans. Nino est resté silencieux, il a regardé sa montre, il a dit : allons-y. Où ça ? Je ne sais pas, on pourrait faire un tour et continuer à discuter en voiture. Moi je n'ai plus rien à ajouter, Nino, je t'ai dit tout ce que j'avais à te dire. Très bien, mais allons-y quand même. Arrête de jouer les susceptibles. Il a tourné la clef et la radio s'est allumée, elle diffusait une chanson qui faisait *I don't know where I belong,* c'était peut-être la bonne phrase au bon moment, et peut-être pour tous les deux, c'était une chanson d'amour, comme presque toutes les chansons, Nino n'y a d'abord pas prêté attention, elle était rapide et rythmée, il a baissé le son quand le chanteur a dit *I don't know where I went wrong,* les autres mots sont restés à l'arrière-plan, et ni lui ni elle n'a entendu le vers fadasse et sibyllin qui disait *Love we need it now.* Teresa avait recommencé à parler la première, notamment pour dissiper l'embarras de leur proximité. Je suis navrée de te voir comme ça, a-t-elle dit. Nino s'est retourné, il l'a regardée – la jupe au-dessus du genou, un petit pull rouge en laine légère, elle enlevait son béret, lui aussi en laine – et il l'a désirée. Comme ça comment ? lui a-t-il demandé. Si différent de ce que tu pourrais être, de ce que tu *étais*. Je n'ai pas changé. Tu étais insouciant, solaire, et tu ne l'es plus, c'est vraiment dommage. Elle lui a souri, il l'a entraperçu du coin de l'œil. On va où ? Je ne sais pas. On est dans quel quartier ? Celui de l'université que j'aurais fréquentée, si je m'étais décidé. Et tu ne l'as pas fait ? Non. Tu regrettes ? Pas encore. Tu aurais suivi des études de lettres ? Et vous avez continué dans le même style, sans rien dire d'important, de précis, Teresa a parlé de ses examens d'économie à Latina, du peu d'enthousiasme qu'elle y mettait, de sa nostalgie obstinée de cette période et de tout ce qui allait avec, y compris les samedis matin, les cours d'analyse financière qui se terminaient à sept heures du soir, il y avait, à la même saison que maintenant, un indice d'été dans les couchers de soleil sur la mer, tu aurais dû voir. Nino l'a interrompue : ensuite, tu es venue à Rome – et il n'avait pas un ton interrogatif, il avait tout simplement repris le récit à son compte. Elle s'est tue, il lui a dit : je ne t'ai posé aucune question, elle a souri, douce résignée triste, elle a dit : c'est à cause d'une histoire qui a mal fini. Il a dit : ce n'est pas grave. Elle a dit : parfois, si. Et alors qu'il continuait à dédramatiser, à dire que beaucoup d'histoires finissent mal, la plupart, à mon avis, qu'il ne voulait pas l'obliger à repenser à de vilains souvenirs, allez, ça suffit, changeons de sujet, au moment précis où il disait changeons de sujet, elle a dit : nous devions nous marier.

Nino est resté immobile, en tout cas au début, et ensuite il a jugé naturel de lui effleurer la nuque, c'était une manière de lui donner du courage, il a ouvert la boîte à gants en lui frôlant les jambes, j'ai des bonbons, a-t-il dit, elle a fait non de la tête, il a refermé la boîte à gants, il a remis sa main là où elle était avant – il lui caressait les cheveux. Il lui caressait les cheveux. Je n'aime pas te voir comme ça, lui a-t-il dit, sur un ton joyeux, pour faire écho à sa phrase d'une demi-heure plus tôt, et comme elle restait silencieuse, il a monté le son de la radio, elle passait une vieille chanson, toujours une chanson d'amour, dont il n'a pas eu le temps de se souvenir, parce que Teresa l'a immobilisé, elle a posé la main sur la sienne, encore aux prises avec le bouton du volume. Elle a repris son propos là où elle l'avait laissé, elle lui a expliqué que ç'avait été son histoire la plus importante, sa première vraie histoire, qu'il y avait un projet et tout le reste, qu'il y avait eu la catéchèse prématrimoniale à l'église, qu'il y avait eu – voilà ce qui comptait – une promesse, un engagement. Un engagement, oui, devant les familles, devant tout le monde, devant Dieu. Nino avait des millions de questions en tête, sa curiosité l'aurait d'abord, mais aussi en dernier, poussé à lui demander si – mais non, c'était une curiosité stupide et morbide qu'elle avait peut-être devinée, sans pour autant la satisfaire, et quoi qu'il en soit, non, ils n'avaient pas attendu, mais ce n'était pas le problème, le problème, ç'avaient été les doutes qui grandissaient en elle, un lavabo qui fuit la nuit, elle aurait pu ne pas y penser mais elle y pensait, et elle avait fini par le lui dire – un soir, après dîner, lui était resté calme, elle lui avait juste dit : Andrea, j'ai des doutes, je ne sais même pas pourquoi, lui était resté calme, très calme, d'une manière presque inquiétante, il avait demandé l'addition, il l'avait ramenée chez elle, il ne l'avait plus jamais rappelée. Après trois jours de silence, de messages laissés sans réponses, elle l'avait rejoint là où il était pour son travail, à Bruxelles, elle avait pris un vol qui l'avait rendue malade, un vol à la con, et lui n'avait pas donné signe de vie là-bas non plus, elle était rentrée à Terracina sans savoir quoi raconter, elle avait continué un certain temps à se soumettre à la torture des préparatifs, la robe déjà choisie, le restaurant, les plans de table, et alors elle s'est mise à pleurer comme elle l'avait fait un jour devant sa mère, en fin d'après-midi, exténuée, avant de lui dire au milieu des sanglots qu'elle n'avait plus eu Andrea au téléphone depuis vingt jours, presque un mois. Et ce n'était pas vrai que les choses s'arrangeraient, qu'il suffisait d'attendre, de se parler, elle l'avait compris tout de suite, et elle n'avait plus la force, et peut-être pas même la volonté, d'insister. Tu peux comprendre comment on se sent dans une situation pareille ? a-t-elle demandé à Nino en le regardant droit dans les yeux, après avoir parlé jusque-là en fixant le vide, l'obscurité de la via Valco di San Paolo, où Nino s'était arrêté quand elle avait fondu en larmes. Tu peux comprendre comment on se sent ? Non, je ne sais pas si je peux comprendre, j'essaie d'imaginer. Eh bien, on se sent mal, très mal. Y compris parce que les autres font tout pour. Menteurs, injustes, et seuls. Tu sais comment on se sent ? On se sent bizarre. Ça suffit, a dit Nino, ça suffit. Il l'a répété : ça suffit, Teresa. Il a approché son visage de son visage à elle, son nez de son nez à elle, il a senti son haleine, nouvelle, un peu acide, chaude, il a soulevé une main à la hauteur de son oreille gauche, il l'a laissée là, le peu de temps nécessaire à se décider à l'embrasser, sûr de lui, presque certain qu'elle ne se déroberait pas, pas cette fois, pas ce soir. Nino a appuyé ses lèvres sur les siennes, il a senti qu'elles s'entrouvraient, il a insisté, il a cherché sa langue avec voracité, puis il a pensé : du calme, il a déplacé sa bouche sur le cou de Teresa, il a embrassé le sillage de son parfum, il l'a entendue pousser un petit ah, d'une voix très basse, il est demeuré immobile, le visage écrasé contre son épaule, il lui a caressé le ventre sous son petit pull, la radio était comme un bourdonnement venu de l'extérieur, comme le vent de cette soirée enfin sans pluie, et à l'intérieur le froissement des vêtements, c'est elle qui a retiré en hâte son petit pull, c'est lui qui l'a incitée du geste à retirer aussi son maillot de corps noir, elle l'a fait, elle s'est retrouvée en soutien-gorge, il l'a fixée d'un regard qui a fini par devenir embarrassant, alors elle a voulu lui enlever son pull, elle s'est penchée juste ce qu'il fallait pour en attraper les bords, Nino a de nouveau, et mieux, regardé ses seins, oh mon Dieu, a-t-il murmuré entre ses dents, et il a presque tremblé, de froid, ou plutôt de désir, quand elle lui a ouvert sa chemise et qu'elle l'a embrassé en bas du cou, puis elle est descendue, à peine plus bas, et elle est aussitôt remontée au milieu de la poitrine, il lui a doucement entouré la nuque des mains, en la décoiffant, et il a exercé une toute petite pression, très légère, vraiment très légère, elle s'est raidie tout à coup, d'un geste à la fois net et troublé, elle a relevé la tête, elle s'est appuyée d'un bras sur la jambe de Nino et lui a effleuré l'aine, elle l'a de nouveau embrassé sur les lèvres, il lui a de nouveau caressé le ventre, sous le nombril, il s'est risqué un peu plus, il est descendu, elle n'a pas opposé de résistance, elle n'a plus résisté à rien, le reste s'est passé comme cela devait se passer, tout a consisté à y arriver – là où les corps de deux étrangers, ces machines complexes, se trouvent et commencent à se sentir intimes, là où le désir et la confiance relâchent leurs défenses, pas toujours et pas toutes, là où le monde s'efface en dehors de vous deux, des millions de kilomètres de néant, l'obscurité du quartier Ostiense, minuit trois quarts, les arbres secoués par le vent, les feuilles à peine humides au point de rosée, quatre degrés au-dessus de zéro, l'université éteinte et lugubre comme un sanctuaire, le silence des maisons tout autour, les sommeils et les rêves des autres, et peut-être une autre voiture, deux ou trois places plus loin, qui palpite comme la vôtre et comme un cœur, la dernière semaine de l'hiver, les ides de mars – ce miracle du présent. Les chansons, à la radio, se sont mélangées dans la même onde sonore insaisissable, couverte de temps à autre par celle qu'émettent vos bouches ouvertes, des grimaces qui ressemblent toujours à de la douleur : on ne peut sourire que dans la distraction, quand, vu du dehors, chaque geste paraît affecté, maladroit, le pied de Teresa qui se coince au moment du passage d'un siège à un autre, l'effort de Nino pour enlever son pantalon, et la complicité de Teresa, quand elle a vu qu'il n'était pas prêt, qu'il n'était pas dur, impensable, honteux.

Elle n'a rien voulu entendre, rien voulu savoir, de toute façon elle savait ce que c'était – de l'émotion – et elle l'a accepté sans difficulté, c'était bien comme ça, vous vous êtes rapprochés l'un de l'autre pour vous embrasser, au même moment, enfin, d'une seule et même volonté, et cet événement impressionnant et inconnu qu'était sa main à elle – la main *de Teresa* – sur ton sexe de jeune homme de vingt-trois ans : à cette heure de la nuit neuve et miraculeuse comme une naissance, en cet amas de minutes uniques et pour toujours.

AUCUN SIGNE EXTÉRIEUR ne rend visibles des événements aussi difficiles à oublier : il y a le préservatif froissé et anonyme sur l'asphalte, il y a le fourmillement resté sur la peau, dans les muscles, pendant des heures, qui vous a empêchés de vous endormir tout de suite. En attendant, Teresa s'est reproché de ne pas avoir demandé à Nino de lui faire une promesse – celle de mener le cours à son terme. Et puis, elle aurait voulu, elle aurait dû lui parler de mes examens médicaux – les fameux contrôles –, mais elle n'en avait pas eu envie : elle avait déjà assez de mal à trouver deux ou trois phrases quelconques pour remplir le silence, après s'être rhabillée. Et Nino, Nino s'est jeté sur son lit, les bras croisés derrière la tête, le moindre recoin de son corps encore chaud, après être resté longtemps à fixer le vide ou le plafond, il a éteint la lumière, sans même s'être lavé les dents, en espérant que l'obscurité suffirait à le calmer. Inutile. Il a fini par se caresser – lentement, avec incrédulité, raidi dans son effort pour ressaisir l'intensité de tout à l'heure, mais en vain. Après le baisser du rideau, aucune représentation n'est identique à une autre. Teresa a repêché, parmi les livres en attente sur son bureau, celui que Nino lui avait offert. Elle l'a ouvert au hasard, là où Jules Verne dit que M. Fogg ne voyageait pas, mais décrivait une circonférence. Elle est allée à la page que Nino avait cornée, elle l'a lue en essayant de comprendre pourquoi il l'avait fait, elle n'a pas trouvé. Elle s'est demandé s'il avait terminé le livre ou s'il l'avait abandonné là, presque à la moitié, à la page 128, là où Jules Verne dit que Phileas Fogg assistait avec son habituelle impassibilité au spectacle d'une mer furieuse. Ensuite, elle a tout repris depuis le début, En l'année 1872, la maison portant le numéro 7 de Saville Row, Burlington Gardens, lui a semblé familière, comme ces romans dont on sait quelque chose sans les avoir lus, comme un conte pour enfants, familier parce qu'il y avait quelque chose d'eux, il y avait Londres, il y avait les voyages rêvés, et il y avait le monde. Tout cela a redonné de la valeur au cadeau, elle s'en est réjouie, elle a souri à la phrase C'était un homme qui avait dû voyager partout – en esprit, tout au moins. Elle a souri de nouveau, au début du paragraphe suivant, à la phrase Ce qui était certain toutefois, c'est que, depuis de longues années, Phileas Fogg n'avait pas quitté Londres. *Ceux qui avaient l'honneur de le connaître un peu plus que les autres attestaient que – si ce n'est sur ce chemin direct qu'il parcourait chaque jour pour venir de sa maison au club – personne ne pouvait prétendre l'avoir jamais vu ailleurs.* Elle a lu encore trois ou quatre pages, elle a fermé les yeux à la question Vous êtes français et vous vous nommez John ?, elle les a rouverts, en se forçant un peu, sur le passage où Passepartout dresse la liste de tous ses anciens métiers, chanteur ambulant, écuyer dans un cirque – *faisant de la voltige comme Léotard, et dansant sur la corde comme Blondin* –, professeur de gymnastique, sergent de pompiers, à Paris – *J'ai même dans mon dossier des incendies remarquables.* Là, elle s'est enfin endormie, heureuse comme une petite fille après la lecture d'un conte de fées, sereine comme une femme après l'amour.

IL M'A DIT : tu as réussi à m'humilier. Il était arrivé en retard : je ne savais pas s'il se présenterait – je n'avais plus posé de question et lui avait disparu dans le silence. En attendant, j'avais commencé le cours à sa place, comme si de rien n'était, personne n'a rien demandé à son sujet, sauf avec les yeux. Quand il est entré, je me suis contentée d'un vague signe, pour le laisser dans l'embarras de ne pas savoir quoi faire. Les élèves ont manifesté la même incertitude, la même gêne, devant cette autorité supérieure qui avait destitué la précédente. Nino s'est assis sur un banc, comme un écolier ou un joueur remplaçant dans un stade, docile face à ce châtiment si ostensible qu'il ne permettait aucune réaction. J'ai continué la répétition, j'ai fait semblant d'être au courant même de ce que j'ignorais, j'ai insisté sur la rapidité des passages d'une scène à une autre, sur la manière dont Luciana devait rendre plus clair un sentiment de son personnage. Il faut montrer que tu es convaincue que Dorante est amoureux de toi. Et je fais comment ? Eh bien, tes répliques ne suffisent pas, tu dois travailler sur les gestes, les regards, quand tu es en sa présence, pousse à l'extrême ton intérêt pour lui, cligne des paupières, joue un peu les dindes. Et toi, Mario, accentue au maximum l'ambiguïté de ton personnage : Dubois est quelqu'un qui brouille en permanence les cartes, et par conséquent il faudrait que tu changes de ton en fonction de ton interlocuteur. Mielleux, rassurant, renfrogné, tu es le caméléon de la situation, le grand manipulateur des fausses confidences. Par exemple, quand tu parles de Dorante à Araminte, rajoutes-en dans la tristesse, n'hésite pas à forcer la note. Allez, on reprend. Dubois, alias Mario Menna, a rejoint le centre du plateau et débité ses répliques à la façon d'un monologue, de l'air plaintif et mélodramatique qu'il devait avoir. Il rapportait à Araminte – Laura Perrotta, absente de la scène à ce moment-là – que Dorante, fou d'amour pour elle, avait perdu son bon sens, son esprit jovial, son humeur charmante : vous aviez tout expédié. Est-ce que vous croyez qu'il songe à être aimé ? Nullement. Il dit que dans l'univers il n'y a personne qui le mérite ; il ne veut que vous voir, vous considérer, regarder vos yeux, vos grâces, votre belle taille : et puis c'est tout. À ce moment-là, je me suis tournée vers Nino, comme pour lui dire : tu as vu ? Mais il restait les yeux baissés, à regarder ses chaussures. J'ai alors recouru à l'arme de l'emphase, j'ai demandé à tout le monde d'applaudir Mario, pour son impeccable morceau de bravoure. J'ai de nouveau cherché le regard de Nino, il était sombre, absent, agacé par la situation et les répliques du texte de Marivaux, qui prenaient en lui une résonance insolente, effrontée. ARAMINTE Il y a quelque chose d'incompréhensible en tout ceci ! Voyez-vous souvent la personne que vous aimez ? DORANTE (*toujours abattu*) Pas souvent à mon gré, madame ; et je la verrais à tout instant, que je ne croirais pas la voir assez.

Sais-tu bien qu'il n'y a pas de fol aux Petites-Maisons de ta force ? s'était exclamé M. Remy, le procureur, pour essayer de dissuader son neveu de nourrir cet amour. Mais quelques scènes après, Renzo Mancini, en sa qualité d'Arlequin, est obligé d'avouer que M. Dorante pleure : Il m'attend à la porte, où il pleure.

Pas Nino. Lui s'est montré plus fort, il a certes attendu à la porte – le regard triste, colérique, mais sans larmes. Tu as réussi à m'humilier, a-t-il dit. Et il a attendu une réponse avec un tremblement du visage et des lèvres qui lui donnait l'aspect d'un petit garçon blessé, déguisé pour le carnaval d'une paire de fausses moustaches collées à ses lunettes. Personne n'a voulu t'humilier, je ne savais pas si tu viendrais, j'ai commencé la répétition. Tu aurais pu me demander. C'est toi qui aurais dû me le dire, ai-je répondu. Il a réagi : tu es contente, tu as fait ton petit numéro, ce n'était vraiment pas la peine. Ne dis pas de conneries. Il ne s'est pas arrêté. Mais oui, a-t-il dit, bien sûr, tout le monde sait que tu es une excellente prof d'art dramatique, seulement ça doit tout de même être un peu avilissant – il a employé ce mot : *avilissant* – d'avoir pour élèves une bande de retraités amateurs. Tu en as encore pour longtemps ? lui ai-je demandé en lui tournant le dos. Attends. Qu'est-ce que je dois attendre ? Je n'ai pas fini. Je t'écoute. Eh bien voilà, Grazia, finis-le toi, ce cours, je n'ai plus la moindre intention de passer pour un imbécile à cause de toi. Tu as vingt-trois ans et, comme d'habitude, on croirait que tu n'en as que la moitié, Nino, tu me mets dans une colère que tu ne peux pas imaginer. Et toi, tu n'imagines pas la mienne. Non mais pour qui tu te prends, hein, Nino ? putain, mais pour qui tu te prends ? Tu es un pauvre petit con parmi tant d'autres, je t'ai offert une occasion que tu ne méritais pas, tu l'as assez prouvé, tu aurais aussi bien pu rester à Londres à distribuer des tracts à l'extérieur d'un restaurant ou à laver la vaisselle. Il existe tout un tas d'excellents comédiens encore plus jeunes que toi, et allons même jusqu'au bout, tout un tas de gens qui, contrairement à toi, pourront se dire comédiens, à un moment de leur vie. Il n'a rien rétorqué, il avait les larmes aux yeux. J'ai repris : tu crois être indispensable à qui ? Essaie de grandir, Nino, essaie d'aller quelque part, là où tu veux, merde, et grandis. J'ai vu dans ses yeux un éclair de haine, quelque chose qu'il faudrait traduire par la certitude que – oui, par la certitude que c'est lui qui, un jour, viendra à mon enterrement. Va te faire foutre, Grazia, va te faire foutre, a-t-il dit au moment où je le plantais enfin là, et où Teresa venait à ma rencontre. Je ne me suis pas arrêtée, j'ai secoué la tête sans rien dire, je l'ai laissée le rejoindre, le retrouver là, à la porte, en larmes – comme Dorante, quasiment à genoux, acte III, scène 12. ARAMINTE Approchez, Dorante. DORANTE Je n'ose presque paraître devant vous. ARAMINTE (*à part*) Ah ! je n'ai guère plus d'assurance que lui. (*Haut*) Pourquoi vouloir me rendre compte de mes papiers ? Je m'en fie bien à vous ; ce n'est pas là-dessus que j'aurai à me plaindre. DORANTE Madame… j'ai autre chose à dire… je suis si interdit, si tremblant que je ne saurais parler. ARAMINTE (*à part avec émotion*) Ah ! que je crains la fin de tout ceci !

JE N'AIME PAS CETTE SITUATION, lui a dit Teresa en restant à un pas de lui – distante, oui, et un peu froide. Nino aurait été prêt à admettre qu'il était allé trop loin, si seulement elle l'avait pris dans ses bras – il se serait contenté d'une caresse, d'un geste, de n'importe quoi. Rien. Alors il s'est entêté, et sans prendre la peine de s'essuyer les yeux – elle en éprouvait un sentiment mêlé d'attendrissement et de répugnance – il a insisté, il s'est lancé dans une épreuve de force, il a réaffirmé que… Elle l'a interrompu : écoute, Nino, tout ça ne m'intéresse pas, tu n'imagines tout de même pas que je peux me mettre à jouer les médiateurs entre vous ou, pire encore, à donner raison à l'un de vous deux ? Cette situation est très embarrassante, tout est embarrassant. Quoi, *tout* ? a-t-il demandé, et il aurait été plus inspiré de se taire. Tout, Nino, tout. Il n'a pas eu le culot de lui demander si elle se référait à ce qui s'était passé entre eux, l'allusion lui a suffi pour prendre lui aussi ses distances, pour la traiter avec dureté. Tu es libre de penser ce que tu veux, lui a-t-il dit. Pas de doute là-dessus. Et le bras de fer s'est arrêté là, et il aurait suffi – il suffirait toujours – de si peu pour l'éviter. Si seulement il avait dit quelque chose du genre : j'ai les nerfs à cran, je ne comprends plus rien à rien, s'il était devenu assez transparent pour laisser voir que toutes ses certitudes s'étaient réduites, comme dans un sablier, à l'état de petits grains fins. Elle le sentait, bien sûr, mais ce n'était pas assez, elle aurait dû voir, mettre le doigt dans la plaie, ou au moins s'entendre dire : je ne me sens plus à la hauteur de rien. Même pas de ce que je ressens. Teresa a profité de l'incertitude de Nino – il avait tenté un inutile « très bien, restons-en là » – pour ajouter, comme à contrepied : il y a quelque chose que j'aurais déjà dû te dire l'autre soir, je suis désolée de le faire maintenant, les médecins ont diagnostiqué une maladie dont personne ne s'était aperçu, elle a fait une radiothérapie à la jambe et elle commencera une chimio la semaine prochaine, je ne crois pas nécessaire de m'étendre sur les détails : la nouvelle me semble assez parlante à elle seule. Sur ces mots, sa voix s'est légèrement brisée, tandis que Nino aurait voulu lui demander : qui ? de qui est-ce que tu parles ?, tout en le sachant très bien, car on a parfois besoin de s'entendre répéter certaines phrases – celles qui annoncent un bien suprême et inattendu autant que celles qui annoncent un mal suprême et toujours inattendu.

LE PRINTEMPS AVAIT COMMENCÉ, mais ce n'était même pas clair : il pleuvait sans arrêt. Pendant les quelques heures au sec, le ciel restait bas et cyanotique, comme celui de la Passion dans l'Évangile selon saint Luc. Le dimanche des Rameaux, Teresa est allée à la messe de neuf heures : elle aimait depuis toujours, dans la liturgie de ce jour-là, la procession avec les petites branches d'olivier – agitées au son de ce chœur ambigu, *Hosanna au Fils de David,* rapportées à la maison et laissées à sécher tout le reste de l'année derrière un crucifix ou une Vierge de Lorette. Et chaque fois, elle était troublée par la lecture de l'Évangile plus longue que d'habitude, à plusieurs voix, en une représentation où l'éternel coup de théâtre est l'accomplissement de la prédiction sur le reniement de saint Pierre. *Et Pierre se ressouvint de la parole du Seigneur, qui lui avait dit : « Avant que le coq ait chanté aujourd'hui, tu m'auras renié trois fois. » Et, sortant dehors, il pleura amèrement.* Fatiguées de rester debout, les vieilles s'asseyaient jusqu'au moment où le soleil s'éclipsait, jusqu'au moment où le voile du Sanctuaire se déchirait, jusqu'au moment du cri de Jésus : En tes mains je remets mon esprit. Alors elles s'agenouillaient, elles se mettaient les mains devant les yeux et elles éprouvaient une sensation de deuil foudroyante, accentuée, dans les villages de province, par leurs sempiternels vêtements noirs. La résurrection, à cet instant-là, n'est qu'une promesse, gardée en lieu sûr par la répétition millénaire du même magnifique récit. Mais la profession de foi intervenait toujours aussitôt, péremptoire : il est ressuscité le troisième jour, conformément aux Écritures, il est monté au Ciel et il est assis à la droite du Père. Il reviendra dans la gloire, pour juger les vivants et les morts ; et son règne n'aura pas de fin. Mais Teresa oubliait souvent les mots de cette longue prière, elle suivait le chœur des autres, comme quand on ne connaît pas les paroles d'une chanson. Je crois en un seul Dieu, le Père tout-puissant, créateur du Ciel et de la terre, de toutes les choses visibles et invisibles… et pour ce qui est des choses visibles, c'est parfois à elles qu'il est le plus difficile de croire… Dieu, né de Dieu, Lumière, née de la Lumière, vrai Dieu, né du vrai Dieu… et moi, de qui ? Je crois en l'Esprit Saint, qui est Seigneur et qui donne la vie, et je crois en toute la vie qui a été (en chaque dimanche, un par un, chez ma grand-mère, le plat de pommes de terre au four – je n'en ai plus jamais mangé d'aussi bonnes, elles restaient moelleuses et claires)… Je reconnais un seul baptême pour le pardon des péchés, tous et surtout un, si c'est bien un péché, une faiblesse, une défaite, une erreur, ce que vous voudrez… J'attends la résurrection des morts, et la vie du monde à venir, et oui, j'attends, souvent je ne fais et je ne sais faire que ça – j'attends.

ELLE ATTENDRAIT aussi son prochain geste. C'était ce qu'elle avait décidé. Une manière de le mettre à l'épreuve ? ou bien de retarder le moment de se regarder dans un miroir et de comprendre ? C'était important, pour elle, de continuer avec lui ? Teresa se sentait indécise, écrasée par les questions au moins autant que Nino. Lui était sûr uniquement de ne pas vouloir la perdre, et il s'était manifesté, fidèle à ses habitudes, sous la forme d'une proposition concrète – un pique-nique le lundi de Pâques. Oui, mais la météo prévoyait de la pluie. Peu importe, avait-il répondu, on pique-niquera dans la voiture. Comment ça se passe, un pique-nique en voiture ? Il avait de nouveau réussi à la faire rire. Voici le scénario : on se gare quelque part, mettons la terrasse du Janicule, on déplie deux petites nappes, on mange et on boit jusqu'à ce que les provisions de bière soient épuisées. Ça te tenterait ? Il lui avait expliqué que le pique-nique en voiture était un truc de son enfance : quand ma famille était encore unie, on allait du côté des Castelli Romani, on achetait des pizzas et des *supplì* à Ariccia ou à Genzano, on les mangeait enfermés en voiture même s'il ne pleuvait pas, j'étais agenouillé sur le siège arrière, j'avais les doigts couverts de graisse, je regardais le monde extérieur à travers la lunette arrière et j'avais l'impression d'être à l'intérieur d'une *boule-de-neige*[1]. Papa finissait par rallumer le moteur, et on rentrait à la maison. C'était beau, et intime, même quand on n'échangeait pas un demi-mot. Bon, eh bien essayons, avait répondu Teresa.

Vous vous êtes retrouvés à manger un kébab devant un mur d'eau, à remettre le moteur en marche de temps à autre pour vous réchauffer un peu, pendant que la bière et les éclats de rire faisaient le reste, redonnaient du souffle à votre intimité. Teresa s'est sentie libre et confiante au point de lui avouer : hier, à la messe de Pâques, le prêtre a dit quelque chose qui m'a frappée… Pendant son sermon ? a demandé Nino. Ça s'appelle une homélie, a-t-elle répondu. Il a dit une chose qui m'a fait penser à toi. Tu n'es pas censée penser à moi, dans une église. Arrête. Il a dit ceci : ce n'est pas difficile, d'avoir la foi – je ne m'étais jamais posé la question dans ces termes-là. Ce n'est pas difficile, a-t-il déclaré, parce que la confiance est naturelle aux gens, l'homme est structuré pour. Moi pas trop, a rétorqué Nino. Elle lui a adressé un regard de reproche.

1. En français dans le texte. (*N.d.T.*)

Si nous sommes là à pique-niquer en voiture, c'est bien parce que nous nous faisons confiance, non ? Mais ce n'est pas suffisant, a répliqué Nino. Non, ce n'est pas suffisant, le prêtre aussi l'a dit. Tu vois ? s'est écrié Nino en riant. Me voilà prêt à devenir évêque. Il faut s'abandonner au mystère. Tu comprends maintenant pourquoi je ne vais pas à l'église ? Parce qu'on y prononce des phrases de ce genre-là : *il faut s'abandonner au mystère*. Qu'est-ce que ça veut dire ? Nino, ça veut dire ce que ça dit – s'abandonner au mystère. Elle aurait voulu ajouter : comme dans une histoire d'amour. Mais elle a gardé pour elle cette phrase et la suivante – sur le reste de l'homélie. Parce que ce jeune prêtre étranger avait dit une autre chose très belle, il était descendu de l'autel, il s'était arrêté au milieu de la nef centrale et il avait demandé : qu'est-ce que cela signifie, d'après vous, ressusciter ? Après un long silence, il avait dit : rentrer en possession de votre vie, voilà ce que cela signifie. Cela signifie que rien ne sera jamais perdu.

Vous avez refait l'amour, c'était beau et différent. Nino avait demandé : tu veux bien monter ? Teresa avait répondu : oui, et quand elle avait mis le pied dans sa chambre, elle avait eu une impression d'intimité peut-être plus forte qu'à le voir nu, peu après. Pour Nino, au contraire, son corps à elle a été la nouveauté à contempler – il n'avait pu que l'entrevoir, dans la voiture. Mais maintenant elle était là – étendue sur le lit, les bras le long des hanches, les jambes serrées, quelques petits grains de beauté, une touffe sombre de poils. Elle avait les yeux entrouverts. Teresa, lui a-t-il dit en s'allongeant à côté d'elle. Il lui a caressé le front d'une main, comme pour voir si elle avait de la fièvre.

Après, Teresa a demandé si elle pouvait prendre une douche, Nino s'est précipité dans la salle de bains, il l'a rangée de son mieux. En lui passant la seule serviette propre, il a eu un regain d'excitation, il a essayé de l'embrasser, elle a esquivé mais elle a souri. Quand le téléphone de Teresa a sonné, il l'a appelée de sa chambre, elle n'a pas entendu, il a regardé qui c'était, le prénom Grazia étincelait, il a répondu, mais une voix masculine parlait au bout du fil : vous êtes la nièce de Mme Grazia Palazzi ? Non, je suis... La voix a repris : Mme Palazzi a eu un malaise.

« Et tout, même les feuilles qui poussent,
même les enfants qui naissent,
tout, enfin, sans avenir. »

Giovanni Raboni

ÇA S'EST PASSÉ COMME ÇA.

S'il me reste assez de temps.

Toutes les autres pensées se sont mises à osciller entre deux phrases. Ça s'est passé comme ça. S'il me reste assez de temps. Il y avait beaucoup de choses à dire, à nous dire. Mais j'avais de plus en plus de mal à parler. Ma vie était sur le point de me faire défaut : je trouvais souvent insupportable celle des autres. Les mauvaises pensées travaillaient dans mon esprit, aussi tyranniques que la maladie. Elles m'échappaient à l'improviste, hors de tout contrôle. Offensantes et intimidatrices. Je m'étais surprise à dire à une amie venue me voir : tu n'as pas honte de me parler d'un sujet pareil ? Elle organisait un voyage, elle a tenté de se justifier : c'était pour te distraire. Elle a baissé les yeux. Restée seule, je me calmais. J'aurais voulu lui téléphoner. Salut. Salut Silvana, excuse-moi. Et il en allait de même pour tous les autres, pour la moindre chose. Salut, vous que j'ai appelés mes amis. Salut, glorieuses têtes de nœud qui continuerez à vivre. Mais les visites, les analyses, les thérapies – tout est relâché, différé, brouillé. Le moment du congé se déplace. Il réapparaît reporté d'un mois, d'un an. Il se rapproche. Il ne laisse pas de temps pour le théâtre. Salut, pluie sur les vitres des trains régionaux. Car voici venir les marqueurs indiqués sur une feuille. Les médecins et leurs prophéties. La première chose qui m'apparaissait déjà comme un souvenir, c'était la saveur de la nourriture. Après plusieurs jours sous perfusion – c'était la fin avril, la lumière extérieure était assez forte pour traverser les volets –, j'avais mordu dans une pomme. Mon palais s'était comme réveillé. Le miracle d'une langue qui garde des sensations. De la confiture, de la tomate, du pain frais. Teresa y avait vu un signe d'amélioration. J'avais souri. Une putain de pomme, c'était si peu, c'était beaucoup. C'était une illusion. Salut, téléphones qui continuerez à sonner. Le besoin urgent d'entendre quelqu'un me poussait parfois à composer des numéros même tard le soir ou tôt le matin. On me demandait : comment vas-tu. C'est toujours la première question. C'est toujours celle à laquelle nous avons le plus de mal à répondre. Bien. Assez bien. Je ne peux pas me plaindre. Je répondais : mal. Je sentais l'embarras au bout du fil, je passais outre en exprimant une requête : raconte-moi quelque chose. Ceux qui sont cause de leur propre mal, pensais-je – tandis que mon oreille recevait des nouvelles fraîches du monde des gens en bonne santé, des vivants. Salut, merles sur les rampes des balcons, de *mon* balcon. Petit plant de basilic. Tout ce qui grandit, qui continuera à grandir. J'avais quitté la vie ordinaire comme une maison en feu. J'en souffrais, incrédule, vexée. Je souffrais pour tout ce qui avait été interrompu tout à coup. Pas seulement des projets, des éventualités. Tout ce que *j'étais en train de faire,* ma vie au présent. Les petits déjeuners, les journaux télé. Pour commencer, il fallait suspendre mon cours d'art dramatique, et trouver un remplaçant. Rien de grave.

Tout semblait prêt à continuer sans moi. J'en éprouvais beaucoup de colère, et en même temps, une paix inconnue, supérieure. Et ce n'est pas vrai – comme le prétendaient certains – que la maladie oblige à donner du poids aux choses « réellement importantes ». Non. Tout était important. Tout, y compris les choses les plus futiles. La poudre de maquillage, les rouges à lèvres, les rendez-vous chez le coiffeur, les mauvais films ridicules. Ils avaient l'air de dire, tous en chœur : Grazia, nous, nous sommes là ; nous, nous restons là ; et toi ? Salut, les vanités. Les trucs grâce auxquels j'ai essayé moi aussi d'effacer le travail du temps sur mon visage. Les parfums : le geste que je faisais pour m'en asperger, avant de sortir, va me manquer. Je me rendais compte que beaucoup de choses étaient déjà finies, depuis longtemps, avant la fin de tout. La maladie n'avait rien à voir avec l'impossibilité manifeste que quelque chose de nouveau se produise dans ma carrière d'actrice. Chapitre clos. Tout autant que celui des amours – c'était quand, la dernière fois ? La fameuse nuit des temps. Ouste, ouste. En mourant, je ne laisserais personne en plein milieu d'une route. Personne dont il faudrait prendre soin. Être une fille ? chapitre clos. Être mère ? chapitre clos avant même d'avoir jamais été ouvert. Ma sœur, mes parents éloignés, mes amis ? Ils continueraient tous à prendre leurs trains, ils poursuivraient leur voyage sans leur vieille tante solitaire, excentrique, rude. Sans l'intermittence, digne d'une ampoule de sapin de Noël, de ses manifestations dans leurs vies. Je pouvais laisser passer des mois, des saisons, des années de silence : j'espérais toujours – en réapparaissant soudain – que notre rapport de confiance était intact. Et mes élèves ? Les nouveaux ne sauraient rien de moi. Les anciens, eh bien, eux – qui sait –, un an après ma mort, ils organiseraient peut-être une commémoration lugubre. Habillés de noir comme des corbeaux, en proie à un sentiment ému qui grandirait avant d'exploser, de l'intérieur du rite, de l'intérieur de la représentation, comme de juste, ils diraient que Grazia – oh, Grazia, elle ne nous a pas appris à jouer la comédie, elle nous a appris à respirer. Ce n'est pas vrai. Mais il est plus facile de donner quelque chose aux morts que de le leur retirer. Je vous quitte, planches en bois des plateaux de scène, velours des fauteuils, théâtres du monde.

LE SEUL CHAPITRE resté ouvert était donc celui qui vous concernait tous les deux, Nino et Teresa, et de là où j'étais, je ne pouvais plus vous espionner, tirer des déductions, ou tout simplement imaginer. Non, je n'étais pas inquiète pour le spectacle, il irait à terme sans encombre, l'enthousiasme des amis et des membres de la famille galvaniserait les vieux acteurs et le jeune metteur en scène, comblerait les distances, effacerait les rancœurs. Je n'étais pas inquiète non plus pour votre avenir : Nino inventerait bien quelque chose – la chaîne YouTube avec ses conneries, un atelier pour enfants, un boulot d'animateur dans un hôtel ou un centre commercial. Teresa ne tarderait pas à trouver un autre travail, à se laisser guider par une plus grande familiarité avec la ville et avec elle-même à l'intérieur d'une ville. Restaient en suspens la question de vous deux ensemble, vos jeunesses différentes, à partir de l'endroit où elles s'étaient nouées. J'étais navrée de m'en aller surtout à cause de cette condamnation à l'ignorance, à ne plus rien savoir de cette histoire à l'état naissant. J'aurais voulu vous dire que c'était magnifique, de vous voir ensemble – vous étiez très beaux, oui, et le spectacle de la jeunesse, aux yeux de ceux qui l'ont perdue, est toujours un miracle qui fait trembler et qui fout en rogne, aussi. Mais s'il y a de la tristesse, c'est toujours pour soi-même, pas pour vous, jamais, vous les êtres humains si peu décevants et en possession de la seule richesse enviable pour de bon – le temps qu'on a devant soi. C'était magnifique, de vous voir plongés dans ce que je ne pouvais pas ravoir, cette merveilleuse confusion du corps et de l'esprit, cette incertitude et cet élan, cette couillonnerie totale, cette inexpérience et cette présomption féroce, cette capacité de sentir et de jouir. J'étais heureuse, et je ne vous l'ai pas dit, que vous vous soyez rencontrés – deux êtres humains parmi des milliards, ce lundi après-midi de la fin du mois d'octobre, après sept heures du soir – et que vous ne vous soyez pas aussitôt perdus de vue.

Que vous vous soyez laissés aller au courant qui creuse l'extranéité et la transforme en confiance, qui rend deux inconnus moins inconnus. En chemin vers un cinéma, Nino qui dit : on fait un jeu ? Lequel ? Inverser les points de vue. Une journée pluvieuse perçue à travers les yeux d'un vendeur de parapluies. L'efficacité norvégienne selon un saumon. Thanksgiving vu par la dinde. Teresa qui dit : et si j'étais une ville ? Tu serais Lisbonne l'été.

Comme c'est bizarre, que ma maladie vous ait mis à l'épreuve : Nino en a compris tard la gravité, il m'a écrit un très long message, il me demandait pardon. Tu me mets encore plus en colère, lui ai-je répondu, pardon pour quoi ? Pardon pour tout. Mais il donnait l'impression de quelqu'un qui n'arriverait pas à regarder bien en face le pire aboutissement de quelque chose, quelque chose comme une maladie. Le pire, à savoir l'irréparable. C'était le moins réaliste, et par conséquent le plus rempli d'espoir : non pas qu'il ait été ouvertement optimiste, mais il n'allait jamais, en pensée, jusque là-bas, à l'extrémité. Il s'arrêtait pile à l'instant d'avant, au moment où demain continue à succéder sans difficulté à aujourd'hui. Teresa avait moins bien pris les choses, tiraillée entre sa sensation d'être la parente désormais la plus proche, tenue – plus qu'obligée – de suivre heure par heure le cours de la maladie, l'évolution des soins et des espoirs, de faire face à toutes sortes de questions pratiques, tiraillée entre ça et le malaise qui l'avait envahie, la sensation d'injustice, la colère. Nino essayait de se montrer très présent, il en faisait même trop, d'après elle : alors, elle le repoussait, elle lui rappelait qu'il n'était pas forcé de se présenter presque tous les soirs à l'arrêt du tram, à la sortie de l'hôpital. Elle n'avait pas envie, et pas le temps, de se demander si tout ce dévouement lui faisait plaisir, s'il pouvait se révéler être, en ce printemps tellement infect et sombre, un réel soulagement pour elle. Elle n'avait même pas envie de rire, quand il essayait de la distraire, et point final. Elle établissait un lien entre lui et le léger sentiment de culpabilité né de ce qu'ils étaient ensemble – nus, indifférents à tout – au moment où j'avais eu mon premier malaise grave. Les baisers et le reste s'étaient donc interrompus, elle s'était enfermée dans une carapace, il essayait de lui insuffler de la chaleur sans la toucher.

UN SOIR – un de mes derniers –, vous avez pris le tram ensemble. Teresa venait de quitter l'hôpital, Nino l'avait attendue dehors. Il lui a proposé d'aller faire un tour dans le centre-ville. Teresa lui a répondu par une question : pourquoi est-ce que tu n'entres jamais ? Je n'ai pas envie de la voir comme ça, a déclaré Nino. Comme ça comment ? Comme ça, malade. C'est une attitude assez stupide, assez infantile, a-t-elle dit. Oui, peut-être, mais peu importe, je reverrai Grazia à sa sortie de l'hôpital. Teresa a gardé le silence entre deux arrêts, les yeux dans le vide, puis elle s'est tournée vers lui d'un mouvement brusque, avec un regard d'une dureté qu'il ne lui avait jamais vue. Tu n'as donc pas compris qu'elle pourrait ne pas en sortir, de ce putain d'hôpital ? Je n'ai pas envie d'y penser. Toi, tu penses seulement à ce qui t'arrange ou à ce qui ne t'effraie pas trop, n'est-ce pas ? C'est toujours pareil. Teresa, a-t-il dit, pourquoi est-ce que tu n'essaies pas de… De quoi, de faire quoi ? Rien, excuse-moi. De croire en Dieu, de croire : voilà ce qu'il aurait voulu lui dire, seulement il ne l'a pas fait. Il l'a regardée avec une tristesse qui, traduite en mots, aurait signifié : comment je vais faire pour te consoler, *moi* ? Elle a essayé de s'en remettre au temps passé ensemble, elle a laissé tomber le sujet, elle a dit : je t'emmène voir quelque chose. Il a poussé un soupir de soulagement, à s'entendre proposer une distraction. Mais il faut prendre aussi un autobus. Vous avez traversé la piazza della Repubblica sous un coucher de soleil majestueux. Teresa a perçu dans cette lumière un indice de l'été, et senti un nœud à l'estomac. Tu crois qu'un jour on pourra se permettre une chambre ici ? a demandé Nino en passant devant le Grand Hôtel. Après toutes ces semaines, c'était la première phrase susceptible de sonner comme une allusion à l'amour que vous n'aviez plus fait. Quand nous serons riches, a répondu Teresa, et elle n'a pas insisté. Vous vous êtes retrouvés devant une église, à l'angle de la via Bissolati, Nino n'a posé aucune question. Il l'a suivie d'un air hésitant, quand elle est entrée et qu'elle a parcouru d'un pas rapide la nef centrale, après s'être signée. Elle s'est approchée d'une chapelle, à gauche de l'autel, et elle lui a dit : regarde. Il a levé les yeux, et sur ce petit théâtre – les rayons dorés des coulisses, les petites loges, tout autour, où des hommes barbus se penchent pour regarder – il a vu un jeune ange prêt à transpercer d'une flèche une jeune femme dont la tête était couverte d'un voile de religieuse, bouleversée et vaincue, bouche ouverte, les yeux mi-clos. Le jeune ange sourit. Qu'est-ce que c'est ? a demandé Nino. Une sculpture du Bernin, a répondu Teresa. Elle est allée s'asseoir, il est resté encore un peu à contempler le visage de cette femme – blanc, très brillant, d'un marbre qui paraissait bouger, comme de la chair traversée par le plaisir. Puis il s'est assis à son tour, il aurait voulu poser un bras sur les épaules de Teresa, lui dire : apprends-moi à prier. Au lieu de ça, il a répété sa question : qu'est-ce que c'est ? Elle lui a raconté à voix basse un bout de cette histoire – la sainte qui porte le même prénom qu'elle, le sculpteur prodigieux, ce miracle de beauté vivante et sensuelle, pas du tout chaste, que l'artiste considérait comme la meilleure de ses œuvres. Un des rares secrets de Rome qu'elle pouvait prétendre connaître. Elle le trouvait précieux, elle avait envie de le partager. Lui – perturbé, troublé – s'est contenté de dire : merci de m'avoir emmené ici. Elle a approché les lèvres de son oreille – Nino a senti sa respiration tout près de lui – et elle lui a murmuré : tu vois l'inscription en latin, là-haut, sur le cartouche que le petit groupe d'anges tient à la main ? Elle signifie ceci : si je n'avais pas créé le paradis, je le ferais maintenant, rien que pour toi.

Ça ressemble à une déclaration d'amour, a dit Nino. C'est une déclaration d'amour, a dit Teresa.

TOUT LE RESTE, dehors, après, a été une période frénétique et méchante, qui n'a laissé de la place à rien, à presque rien d'autre qu'à la panique et la douleur. Ça s'est passé comme ça, tôt le matin, le moment de la journée que je préfère – j'ai entrevu le ciel de Rome de la fin du mois d'avril, ou je l'ai peut-être simplement rêvé. Nino aurait voulu prendre la main de Teresa, et la serrer : aux obsèques, quand le prêtre a répété cette phrase qui dit « celui qui croit en moi aura la vie éternelle », il s'est aperçu que Teresa pleurait. Comme si elle avait tout perdu. Et alors que cet adjectif – éternelle – lui semblait être une tromperie, il a plissé si fort les yeux, il a senti ses tempes battre si fort, qu'il a pensé : voilà peut-être ce que c'est – prier. Il ne s'est pas adressé à Dieu, il a juste espéré, ou demandé, qu'il ne lui arrive rien de mal, à elle. Il a prié pour son bien.

À l'extérieur de l'église, la lumière était éblouissante et chaude et indifférente. Avril tremble. Le plus cruel des mois ? le plus doux ? En sortir a été plus difficile pour vous que pour moi, qualifier à nouveau les journées de normales, vous convaincre que chercher à vous voir avait encore un sens, et vous trouver, sans passer par le théâtre ou par moi. Sans le vouloir, vous m'avez évoquée, mise en cause comme responsable, voire coupable, de votre rencontre. Vous vous êtes demandé ce que j'aurais dit, ce que je vous aurais conseillé, ce que j'aurais voulu. Vous me l'avez demandé à moi, même s'il n'était plus possible de le faire vraiment, vous me l'avez d'abord demandé d'une manière intense, désespérée, puis, seulement après un long moment, de la manière correcte, avec gaieté : d'un silence à un autre, à la façon d'une prière. Vous m'avez demandé d'éclaircir votre horizon, comme si, de là où je suis, je pouvais faire autre chose que contempler le spectacle merveilleux que vous offrez, vous qui êtes vivants, et veiller, comme on le dit d'une attente, d'un moment qui nous tient à cœur.

Il existe de nombreuses portes donnant accès à votre vie. J'en ouvre une, je m'y montre, je regarde quelque chose, et ensuite je la referme. Il m'est possible – là où je suis – de reparcourir des itinéraires, d'observer, de rembobiner des bandes magnétiques, de réexaminer chaque instant, de m'arrêter de temps à autre sur une image, de revenir un peu en arrière, ici ou là, pour mieux comprendre, pour savourer, pour pénétrer même dans des espaces autrefois interdits, où je n'étais pas, pour ne pas perdre le fil – d'un temps qui ne m'appartient plus, mais où tout recommence, si on le demande. Remets les légumes sur le feu. Repasse-moi ce coup de fil depuis l'autre pièce, encore. Prépare les chaînes pour le voyage, il va neiger. Frappe de nouveau à la porte de ma chambre, pendant que je pleure. Rapporte-moi ce cadeau que je n'apprécierai pas. Chante encore cette chanson.

J'aurais beaucoup à vous dire, mais rien d'indispensable : profitez des choses, ça oui, et – comme Phileas Fogg dans son tour du monde – ne vous pressez pas, et n'ayez pas peur d'échouer. C'est bon pour les vieilles tantes, et d'ailleurs je ne peux pas cesser d'être ce que j'étais, de parler comme je parlais, je suis encore cette voix qui, parfois, vous revient à l'oreille, elle est restée là, elle se fait entendre juste avant que vous vous endormiez. Et non, s'il vous plaît, ne commencez pas à dire que sans moi vous n'y arrivez pas, parce que ce n'est pas vrai, parce que le seul signe – qu'il faut accepter s'applique précisément à ceux qui meurent. Tous moins un plus quelqu'un, et voilà que les comptes tombent presque juste. Et riez comme vous devez rire quand vous vous rappelez mes critiques féroces, mes élans de sincérité, les fois où je m'obstinais, où je réussissais à vous mettre en colère, moi la têtue qui ne cédais jamais d'un millimètre, Grazia je t'en prie n'insiste pas !, et moi qui répondais : tu verras, un jour, comme si j'en avais toujours su un peu plus, parce qu'en tout état de cause, ma vie a été longue, malgré sa fin précoce, comme le tour du monde en quatre-vingts jours, les horaires et les moyens de transport ont eu un certain poids, un sacré pari et une belle aventure, fatigante, intense et pleine de monde, comme l'église Santi Aquila e Priscilla le jour des funérailles. Et s'il faut croire aux signes, eh bien, s'il faut vraiment croire aux signes, quand le gardien s'est signé, j'ai pensé : je ne pouvais mourir qu'en avril – lorsque quelque chose commence, et fait à nouveau des promesses.

C'est encore une fois l'aube, il pleut, il pleut des cordes, la Panda de Nino est garée en bas de chez Teresa. Il a pris une initiative, il lui a dit : seulement, maintenant, partons quelque part. Ne serait-ce que deux jours. S'il te plaît. Elle a répondu : ça me semble un peu tôt. Tôt pour quoi ? Pour tout. Pour partir. Pour ce qui s'est passé. C'est aussi parce que tu as peur ? a-t-il demandé. Tu ne m'as même pas dit où tu voudrais aller. Je pensais à l'endroit où on peut entreprendre un tour du monde. Je ne crois pas que ce soit la bonne ville, a-t-elle répondu. Nino, laissons tomber. Qu'est-ce que tu as contre Londres ? Tu devrais le comprendre de toi-même, a répondu Teresa. Alors il a senti, pour la première fois, qu'il y avait en elle – pouvait-il dire de la jalousie ? La conversation s'est arrêtée là, il n'a même pas insisté. Et pourtant il a pris les billets, deux jours plus tard, il les lui a envoyés en pièce jointe d'un mail facétieux qui disait : de l'agent de voyages à l'agent de voyages. Elle l'a appelé, très fâchée. Tu aurais pu me prévenir. Brûle-les si tu veux, ça m'est parfaitement égal. Ou bien trouve-toi quelqu'un qui t'accompagne à ma place. Elle a raccroché. Il l'a rappelée plusieurs fois, elle n'a pas répondu. Il lui a écrit : s'il te plaît. Elle a répondu : tu n'es qu'un gamin, fiche-moi la paix. Il lui a écrit : vendredi matin, à six heures et demie, je serai en bas de chez toi.

Et le voici, les mains sur le volant d'une voiture pourtant à l'arrêt, plein d'espoir, obstiné, alors qu'il continue à pleuvoir, une pluie sans répit. Nino lève les yeux, il voit seulement une tache de lumière, comme à travers une larme. Il attend. Il sent qu'il ne pourrait être nulle part ailleurs que là, dans cette Panda où ils ont fait l'amour. Nulle part ailleurs que là, dans cette attente qui ressemble tellement à un risque, à un coup de force, à une déclaration d'amour.

Teatro Monteverde Roma

Domenica 26 maggio 2013 ore 21

La Scuola di Teatro "Grazia Palazzi" presenta
il saggio di fine corso degli Allievi Senior

LE FALSE CONFIDENZE

Commedia in tre atti di MARIVAUX

Laura Perrotta	***Araminta***
Giancarlo Righi	***Dorante***
Luciana Donati	***Marton***
Renzo Mancini	***Arlecchino***
Mario Menna	***Dubois***
Ottavio Semprini	***Remy, il procuratore***
Carla Papetti	***la signora Argante***
Massimo Leone	***il Conte***

Scene	**Filippo Magi**
Costumi	**Sartoria Gentile**
Luci	**Thomas Marangoni**
Regia	**NINO MORANTE**

ingresso libero

Dettes

Pierre Carlet de Chamblain de Marivaux, *Les Fausses Confidences.* Jules Verne, *Le Tour du monde en quatre-vingts jours.* Walter Benjamin, *Enfance berlinoise vers 1900.* Erminia dell'Oro, *Filastrocche al ballo del Perché.* Philip Larkin, *Les Hautes Fenêtres.* Giovanni Raboni, *Lueurs d'histoire.*

Jacques Brel chante *La Chanson des vieux amants.* The Lumineers chantent *Ho Hey.*

« Avril tremble » est un vers de Giorgio Caproni (*Versi didascalici*). Plusieurs vers de Raboni, tirés de *Lueurs d'histoire* (« On aura beaucoup de mal... »), m'ont beaucoup inspiré et sont repris dans le dernier chapitre, mêlés aux paroles de Grazia. Dans le long dialogue entre Nino et Teresa, une réplique est volée à Jonathan Safran Foer.

p.d.p.

Collection « Littérature étrangère »

ADAMS Poppy
Le Temps des métamorphoses

ADDERSON Caroline
La Femme assise

AGUÉEV M.
Roman avec cocaïne

ALI Monica
Sept mers et treize rivières
Café Paraíso
En cuisine
La Véritable Histoire de Lady L.

ALLISON Dorothy
Retour à Cayro

AMELA Víctor
La Fille du capitaine Penarrocha

ANDERSON James
Desert Home

ANDERSON Scott
Triage
Moonlight Hotel

ARLT Roberto
Les Sept Fous
Les Lance-Flammes

ARPINO Giovanni
Une âme perdue
Le Pas de l'adieu
Mon frère italien
Giovanni le bienheureux

AUSLANDER Shalom
La Lamentation du prépuce
Attention Dieu méchant
L'Espoir, cette tragédie

BALLANTYNE Lisa
Un visage d'ange
Le Piège de la mémoire

BAKER KLINE Christina
Le Train des orphelins

BAXTER Charles
Festin d'amour

BENIOFF David
24 heures avant la nuit

BERGMANN Emanuel
Max et la grande illusion

BEZMOZGIS David
Le Monde libre
Refuznik

BLOOM Amy
Ailleurs, plus loin

BOYKEY SIDLEY Steven
Meyer et la catastrophe
Borowitz broie du noir

BRADFORD HIPPS J.
L'Aventuriste

Brookner Anita

Hôtel du Lac

États seconds

La Vie, quelque part

Une chute très lente

Une trop longue attente

Fêlures

Le Dernier Voyage

Brooks Geraldine

Le Livre d'Hanna

La Solitude du Dr March

L'Autre Rive du monde

Brown Clare

Un enfant à soi

Caballero Antonio

Un mal sans remède

Caicedo Andrés

Que viva la música !

Cañón James

Dans la ville des veuves intrépides

Cash Wiley

Un pays plus vaste que la terre

Les Chemins de la rédemption

Chang Jade

Les Wang contre le monde entier

Connell D. J.

Julian Corkle est un fieffé menteur

Sherry Cracker et les Sept Voleurs

Conroy Pat

Le Prince des marées

Le Grand Santini

Courtenay Bryce

La Puissance de l'Ange

Cunningham Michael

La Maison du bout du monde

Les Heures

De chair et de sang

Le Livre des jours

Crépuscule

Snow Queen

Ils se marièrent, eurent beaucoup d'enfants et puis…

De Robertis Carolina

La Montagne invisible

Di Paolo Paolo

Tanta vita !

Où étiez-vous tous

Dorrestein Renate

Vices cachés

Un cœur de pierre

Sans merci

Le Champ de fraises

Tant qu'il y a de la vie

Doughty Louise

Je trouverai ce que tu aimes

Portrait d'une femme sous influence

Dunant Sarah

La Courtisane de Venise

Un cœur insoumis

DUNMORE Helen
Un été vénéneux
Ils iraient jusqu'à la mer
Malgré la douleur
La Faim
Les Petits Avions de Mandelstam
La Maison des orphelins

EDELMAN Gwen
Dernier refuge avant la nuit
Le Train pour Varsovie

ELTON Ben
Nuit grave
Ze Star

FERRARIS Zoë
La Disparue du désert
Les Mystères de Djeddah
Clandestines

FEUCHTWANGER Lion
Le Juif Süss

FITZGERALD Helen
Le Don

FLANAGAN Richard
La Fureur et l'Ennui
Désirer

FRENCH Paul
Minuit à Pékin

FREY James
Mille morceaux
Mon ami Leonard

FROMBERG SCHAEFFER Susan
Folie d'une femme séduite

FRY Stephen
L'Hippopotame
Mensonges, mensonges
L'Île du Dr Mallo

GAIGE Amity
Schroder
O My Darling

GALE Patrick
Chronique d'un été
Une douce obscurité
Tableaux d'une exposition
Jusqu'au dernier jour

GARLAND Alex
Le Coma

GARTSIDE Mark
Ce qui restera de nous

GATALICA Aleksandar
À la guerre comme à la guerre !

GEE Maggie
Ma bonne

GEMMELL Nikki
Les Noces sauvages
Love Song

GEORGE Alex
Une symphonie américaine

GILBERT David
Les Normaux
Les Marchands de vanité

GILL John Freeman
Les Chasseurs de gargouilles

GUSTAFSSON Lars
La Mort d'un apiculteur

HAGEN George

La Famille Lament

Les Grandes Espérances du jeune Bedlam

HAYES Suzanne et NYHAN Loretta

Petites recettes de bonheur pour les temps difficiles

HENDERSON Smith

Yaak Valley, Montana

HODGKINSON Amanda

22 Britannia Road

Rose et ses sœurs

HOMES A. M.

Mauvaise mère

HOSSEINI Khaled

Les Cerfs-Volants de Kaboul

Mille soleils splendides

Les Cerfs-Volants de Kaboul (roman graphique)

HUTCHINS Scott

L'Amour comme hypothèse de travail

JOHNSTON Jennifer

Petite musique des adieux

Ceci n'est pas un roman

Un Noël en famille

JONES Kaylie

La fille d'un soldat ne pleure jamais

Dépendances

JORDAN Hillary

Mississippi

Écarlate

KAMINER Wladimir

Musique militaire

Voyage à Trulala

KANON Joseph

L'Ultime Trahison

L'Ami allemand

Alibi

KENNEDY Douglas

La Poursuite du bonheur

Rien ne va plus

Une relation dangereuse

L'homme qui voulait vivre sa vie

Les Désarrois de Ned Allen

Les Charmes discrets de la vie conjugale

Piège nuptial

La Femme du Ve

Quitter le monde

Cet instant-là

Murmurer à l'oreille des femmes

Mirage

La Symphonie du hasard (Livre 1)

KLIMKO Hubert

La Maison de Róża

Berceuse pour un pendu

Les Toutes Premières Choses

KNEALE Matthew

Les Passagers anglais

Douce Tamise

Cauchemar nippon

Petits crimes dans un âge d'abondance

Maman, ma sœur,
Hermann et moi

KOCH Herman
Le Dîner
Villa avec piscine
Cher monsieur M.

LAFAYE Vanessa
Dans la chaleur de l'été

LAMB Wally
Le Chant de Dolorès
La Puissance des vaincus
Le Chagrin et la Grâce
Nous sommes l'eau
Felix Funicello et le miracle des nichons

LAW Benjamin
Les Lois de la famille

LAWSON Mary
Le Choix des Morrison
L'Autre Côté du pont
Un hiver long et rude

LEONI Giulio
La Conjuration du Troisième Ciel
La Conspiration des miroirs
La Croisade des ténèbres

LI Yiyun
Un millier d'années de bonnes prières
Un beau jour de printemps
Plus doux que la solitude

LISCANO Carlos
La Route d'Ithaque
Le Fourgon des fous
Souvenirs de la guerre récente
L'Écrivain et l'Autre
Le Lecteur inconstant suivi de Vie du corbeau blanc

LOTT Tim
Frankie Blue
Lames de fond
Les Secrets amoureux d'un don Juan
L'Affaire Seymour

MADDEN Deirdre
Authenticité

MAKSIK Alexander
La Mesure de la dérive
L'Oiseau, le goudron et l'extase

MARCIANO Francesca
L'Africaine
Casa Rossa
La Fin des bonnes manières

MARONE Lorenzo
La Tentation d'être heureux

MBUE Imbolo
Voici venir les rêveurs

MCAFEE Annalena
Le Doux Parfum du scandale

MCCANN Colum
Danseur
Les Saisons de la nuit
La Rivière de l'exil
Ailleurs, en ce pays
Le Chant du coyote

Zoli
Et que le vaste monde poursuive sa course folle
Transatlantic
Treize façons de voir

McCourt Frank
Les Cendres d'Angela
C'est comment l'Amérique ?

McGarry Morris Mary
Mélodie du temps ordinaire
Fiona Range
Le Dernier Secret
À la lueur d'une étoile distante

McKeon Darragh
Tout ce qui est solide se dissout dans l'air

Mercurio Jed
La Vie sexuelle d'un Américain sans reproche

Mills Jenni
Le Murmure des pierres

Mills Mark
En attendant Doggo

Morton Brian
Une fenêtre sur l'Hudson
Des liens trop fragiles

Murakami Haruki
Au sud de la frontière, à l'ouest du soleil
Les Amants du Spoutnik
Kafka sur le rivage
Le Passage de la nuit
La Ballade de l'impossible
L'éléphant s'évapore
Saules aveugles, femme endormie
Autoportrait de l'auteur en coureur de fond
Sommeil
1Q84 (Livre 1)
1Q84 (Livre 2)
1Q84 (Livre 3)
Chroniques de l'oiseau à ressort
Les Attaques de la boulangerie
Underground
L'Incolore Tsukuru Tazaki et ses années de pèlerinage
L'Étrange Bibliothèque
Écoute le chant du vent suivi de Flipper, 1973
Des hommes sans femmes
Birthday Girl

Murray Paul
Skippy dans les étoiles
La Marque et le Vide

Nguyen Viet Thanh
Le Sympathisant

Nicholls David
Un jour
Pourquoi pas ?
Pour une fois
Nous

O'Connor Scott
Ce que porte la nuit

O'Dell Tawni
Le Temps de la colère
Retour à Coal Run
Animaux fragiles

Un ange brûle

O'FARRELL Maggie
Quand tu es parti
La Maîtresse de mon amant
La Distance entre nous
L'Étrange Disparition d'Esme Lennox
Cette main qui a pris la mienne
En cas de forte chaleur
Assez de bleu dans le ciel

ONSTAD Katrina
La Vie rêvée des gens heureux

OWENS Damien
Les Trottoirs de Dublin

OWENS Lisa
En roue libre

OZEKI Ruth
En même temps, toute la terre et tout le ciel

PARLAND Henry
Déconstructions

PAYNE David
Le Dragon et le Tigre : confessions d'un taoïste à Wall Street
Le Monde perdu de Joey Madden
Le Phare d'un monde flottant
Wando Passo

PEARS Iain
Le Cercle de la Croix
Le Songe de Scipion
La Chute de John Stone

PENNEY Stef
La Tendresse des loups
Le Peuple des invisibles

PICKARD Nancy
Mémoire d'une nuit d'orage

PIZZOLATTO Nic
Galveston

POLLEN Bella
L'Été de l'ours

QUINDLEN Anna
Nature morte aux miettes de pain

RADULESCU Domnica
Un train pour Trieste

RAVEL Edeet
Dix mille amants
Un mur de lumière

RAYMO Chet
Le Nain astronome
Valentin, une histoire d'amour

RELINDES ELLIS Mary
Bohemian Flats

REMIZOV Victor
Volia volnaïa

ROLÓN Gabriel
La Maison des belles personnes

ROSEN Jonathan
La Pomme d'Ève

ROTHSCHILD Hannah
L'Improbabilité de l'amour

RYDAHL Thomas
Dans l'île

SANSOM C. J.
Dissolution
Les Larmes du diable
Sang royal
Un hiver à Madrid
Prophétie
Corruption
Dominion
Lamentation

SAVAGE Thomas
Le Pouvoir du chien
La Reine de l'Idaho
Rue du Pacifique

SCHILPEROORD Inge
La Tanche

SCHWARTZ Leslie
Perdu dans les bois

SEWELL Kitty
Fleur de glace

SHARPE Tom
Fumiers et Cie
Panique à Porterhouse
Wilt 4
Le Gang des mégères inapprivoisées ou Comment kidnapper un mari quand on n'a rien pour plaire
Wilt 5 – Comment enseigner l'histoire à un ado dégénéré en repoussant les assauts d'une nymphomane alcoolique

SHIPSTEAD Maggie
Plan de table
Étonnez-moi

SHREVE Anita
Le Poids de l'eau
Un seul amour
La Femme du pilote
Nostalgie d'amour
Ultime rencontre
La Maison du bord de mer
L'Objet de son désir
Une lumière sur la neige
Un amour volé
Un mariage en décembre
Le Tumulte des vagues
Une scandaleuse affaire
Un jour après l'autre

SHRIVER Lionel
Il faut qu'on parle de Kevin
La Double Vie d'Irina
Double faute
Tout ça pour quoi
Big Brother
Les Mandible : une famille, 2029-2047

SILVESTRE Edney
Si je ferme les yeux
Le bonheur est facile

SMITH Tom Rob
Enfant 44
La Ferme

SOLER Jordi
Les Exilés de la mémoire
La Dernière Heure du dernier jour
La Fête de l'Ours

Dis-leur qu'ils ne sont que cadavres
Restos humanos

SORA Simona
Hôtel Universal

SWARUP Vikas
Les fabuleuses aventures d'un Indien malchanceux qui devint milliardaire
Meurtre dans un jardin indien
Pour quelques milliards et une roupie

THOMAS Matthew
Nous ne sommes pas nous-mêmes

TOBAR Héctor
Printemps barbare
Jaguar

TOLTZ Steve
Une partie du tout
Vivant, où est ta victoire ?

TSIOLKAS Christos
La Gifle
Jesus Man
Barracuda
Des dieux sans pitié

ULINICH Anya
La Folle Équipée de Sashenka Goldberg

UNSWORTH Barry
Le Nègre du paradis
La Folie Nelson

VALLEJO Fernando
La Vierge des tueurs
Le Feu secret
La Rambla paralela
Carlitos qui êtes aux cieux

VELASCO Stefanie de
Lait de tigre

VERMES Timur
Il est de retour

VREELAND Susan
Jeune fille en bleu jacinthe

WARD Jesmyn
Bois Sauvage
Ligne de fracture

WATSON Larry
Sonja à la fenêtre

WEBB Katherine
L'Héritage
Pressentiments
À la claire rivière
La Vérité à propos d'Alice

WEISGARBER Ann
L'Histoire très ordinaire de Rachel Dupree

WELLS Rebecca
Fleurs de Ya-Ya

WEST Dorothy
Le Mariage

WILLMANN Thomas
La Sombre Vallée

WINGFIELD Jenny
Les Ailes de l'ange

WOLF Jack
Misericordia

WRINKLE Margaret
Wash

ZAILCKAS Koren
Notre mère

ZHANG Xianliang
La mort est une habitude
La moitié de l'homme, c'est la femme

ZWEIG Stefan
Le Monde d'hier. Souvenirs d'un Européen

Imprimé en France par CPI
en février 2018

*Composition : Facompo,
Lisieux*

N° d'édition : B07615/01
N° d'impression : 2035082